PROMESAS Y SECRETOS
Julia James

D1118356

Editado por Harlequin Ibérica.
Una división de HarperCollins Ibérica, S.A.
Núñez de Balboa, 56
28001 Madrid

© 2017 Julia James
© 2018 Harlequin Ibérica, una división de HarperCollins Ibérica, S.A.
Promesas y secretos, n.º 2651 - 3.10.18
Título original: Claiming His Scandalous Love-Child
Publicada originalmente por Harlequin Enterprises, Ltd.

I.S.B.N.: 978-84-9188-975-5
Depósito legal: M-27638-2018
Impresión en CPI (Barcelona)
Fecha impresion para Argentina: 1.4.19
Distribuidor exclusivo para España: LOGISTA
Distribuidor para México: Distibuidora Intermex, S.A. de C.V.
Distribuidores para Argentina: Interior, DGP, S.A. Alvarado 2118.
Cap. Fed./Buenos Aires y Gran Buenos Aires, VACCARO HNOS.

Capítulo 1

El volumen de la música del órgano fue subiendo hasta un último crescendo antes de cesar. Los murmullos de los congregados se interrumpieron cuando el sacerdote levantó las manos y procedió a pronunciar las palabras de la ancestral ceremonia.

El corazón de Vito latía con fuerza dentro de su pecho. Abrumado de emoción, giró la cabeza hacia la mujer que estaba a su lado.

Con un vestido blanco, el rostro oculto bajo el velo, su novia esperaba. Esperaba que él pronunciase las palabras que los unirían en matrimonio...

Eloise tomó un sorbo de champán, mirando el elegante salón privado del hotel, uno de los más famosos de Niza, en la Costa Azul.

El salón estaba repleto de mujeres enjoyadas y elegantes hombres vestidos de esmoquin, pero sabía con total certeza que ninguno de esos hombres podría compararse con el que estaba a su lado. Porque era, sencillamente, el hombre más devastadoramente atractivo que había visto en toda su vida, y se le aceleraba el pulso cada vez que lo miraba. Como en ese momento.

Era soberbio, alto y distinguido con un esmoquin hecho a medida, el pelo negro y un esculpido perfil romano. Eloise acarició con la mirada la bronceada piel, los altos pómulos y la mandíbula cuadrada.

Vito sonreía mientras charlaba en francés, que hablaba con la misma fluidez que el inglés o su nativo italiano.

«¿De verdad soy yo, estoy aquí o esto es un sueño?».

A veces pensaba que debía de ser un sueño. Las últimas semanas habían sido un mareante torbellino en los brazos del hombre que estaba a su lado, a cuyos pies había caído literalmente.

Eloise recordó su encuentro...

Corría por el aeropuerto de Heathrow hacia la puerta de embarque, con la hora justa para tomar su vuelo. Eran sus primeras vacaciones en siglos, robadas antes de empezar a buscar un nuevo puesto como niñera. Su último empleo había terminado cuando los mellizos a los que cuidaba empezaron a ir al colegio.

La echarían de menos durante algún tiempo, pero pronto se acostumbrarían a su ausencia, como había hecho ella misma con una sucesión de niñeras y *au pairs* cuando era niña porque su madre no solo había sido una madre trabajadora, sino que carecía de sentimientos maternales. Y su padre, enfrentado a la negativa de su madre de tener más hijos, las había abandonado a las dos para buscar una nueva esposa.

Eloise apretó los labios, como hacía siempre al recordar que su padre la había abandonado para formar una nueva familia.

«¿Es por eso por lo que me hice niñera? ¿Para ofrecer cariño a niños que no ven mucho a sus padres, como me pasó a mí?».

Le encantaba su trabajo, aunque su madre nunca

había podido entenderlo. Como no podía entender que hubiese preferido tener un padre. Y tenía opiniones muy claras al respecto:

«Los padres no son necesarios, Eloise. Las mujeres son perfectamente capaces de criar solas a sus hijos. Y es lo mejor, en realidad. Los hombres siempre te defraudan y es preferible no depender de ellos».

Eloise no había querido recordarle que ella había sido criada por una sucesión de niñeras.

«Pero yo no voy a ser así y tampoco voy a enamorarme de un hombre que me deje».

No, su vida sería diferente a la de su madre, estaba totalmente convencida. Le demostraría que estaba equivocada. Se enamoraría profundamente de un hombre maravilloso que nunca la dejaría, nunca la defraudaría, nunca la abandonaría por otra mujer y jamás rechazaría a sus hijos, a los que criarían juntos con gran amor.

Quién sería ese hombre, no tenía ni idea. En fin, a los veintiséis años había tenido su cuota de novios y sabía, sin ser vanidosa, que siempre había llamado la atención de los hombres, pero ninguno de ellos había logrado enamorarla. Aún no.

«Pero lo encontraré. Encontraré al hombre de mis sueños, el hombre del que voy a enamorarme. Ocurrirá algún día».

Pero el día que conoció a Vito, mientras corría hacia la puerta de embarque, se sentía libre y despreocupada, dispuesta a pasar unas vacaciones estupendas, viajando ligera de equipaje, en vaqueros y camiseta, con unas cómodas y gastadas deportivas.

Las deportivas debían de estar demasiado gastadas porque, con las prisas, resbaló y cayó al suelo. Su maleta

salió volando y, un segundo después, oyó un imprope-
rio, pero apenas prestó atención porque le dolía el tobillo como un demonio.

–¿Se ha hecho daño?

Era una voz ronca, con un suave acento. Eloise levantó la cabeza y vio la pernera de un pantalón, el fino
material gris cubriendo unos fuertes muslos masculi-
nos.

Levantó la cabeza un poco más y se quedó mirando
al hombre, atónita. No podía hacer otra cosa.

Un par de ojos oscuros, penetrantes, rodeados de
espesas y largas pestañas negras, la miraban con preocupación.

–¿Se ha hecho daño? –repitió.

Ella intentó hablar, pero tenía la garganta seca.

–Yo... –empezó a decir por fin–. No, estoy bien.

Un par de fuertes manos tiraban de ella como si no
pesara nada. Tenía la extraña sensación de estar flo-
tando a unos centímetros del suelo.

La gente caminaba a toda prisa a su alrededor, como
si ellos no existieran, y Eloise siguió mirando al hombre.

–¿Seguro que está bien? ¿Quiere que llame a un
médico?

En su tono había una nota de humor, como si supiera por qué no podía apartar la mirada.

Tenía una sonrisa algo torcida, encantadora, y unas
pestañas largas y espesas. El brillo de sus ojos oscuros
la tenía hipnotizada.

–Creo que esta es su maleta –murmuró, inclinán-
dose para tomarla del suelo.

–Gracias –consiguió decir ella, casi sin voz.

–De nada.

El hombre sonrió de nuevo. No parecía molestarle que lo mirase fijamente, admirando esos oscuros y expresivos ojos, el ondulado pelo negro, la esculpida boca, los pómulos que parecían hechos del más fino mármol.

Eloise tragó saliva. Algo estaba pasando y no tenía nada que ver con el bochornoso resbalón justo a los pies de aquel hombre.

–¿Le he hecho daño? –preguntó entonces, contrita–. Siento mucho haberle golpeado con la maleta.

Él hizo un gesto con la mano.

–*Niente*... no ha sido nada –le aseguró.

Con el fragmento de cerebro que aún le seguía funcionando, Eloise se dio cuenta de que había hablado en italiano. Vio que entornaba los ojos, como para estudiarla con más detalle. Para estudiarla y descubrir que... le gustaba.

Sintió que le ardía la cara al ver el brillo de los preciosos ojos oscuros. El sutil mensaje le aceleró el pulso, dejándola clavada al sitio.

«Dios mío, ¿qué me está pasando?».

Porque ella nunca, jamás, había experimentado una reacción así ante un hombre. Pero él estaba diciendo algo y Eloise intentó ordenar sus pensamientos.

–Dígame, ¿a qué puerta de embarque se dirigía?

Eloise miró la pantalla y dejó escapar un gemido al ver que el número de su vuelo había desaparecido.

–Oh, no... he perdido el avión.

–¿Dónde iba?

–A París –respondió ella, mirando alrededor con desesperación.

–Qué coincidencia. Yo también voy a París. Y, como es culpa mía que haya perdido su vuelo, debe permitirme que le compre otro billete.

Eloise lo miró, abriendo y cerrando la boca como un pez. Un pez que estaba siendo levantado sin ningún esfuerzo por un pescador muy experimentado.

–Muchas gracias, pero no creo que...

Dos oscuras cejas se enarcaron sobre los ojos oscuros.

–¿Por qué no?

–Porque...

–¿Porque no nos conocemos? Pero eso tiene fácil remedio –la interrumpió él, enarcando las cejas de nuevo y esbozando una sonrisa que le aceleró el corazón–. Mi nombre es Vito Viscari y estoy enteramente a su servicio, *signorina*. Siento mucho haber hecho que perdiese el vuelo.

–Pero usted no ha hecho nada –protestó ella–. Ha sido culpa mía... resbalé y la maleta salió volando.

–No se preocupe, no ha pasado nada. Lo que importa ahora es encontrar un médico que le mire el tobillo. Tenemos mucho tiempo antes de que salga nuestro vuelo.

–Pero no puedo dejar que me pague el viaje...

De nuevo, el desconocido sonrió.

–¿Por qué no? Tengo millas de viajero frecuente y, si no las uso, será un desperdicio.

Eloise torció el gesto. No parecía un hombre preocupado por ahorrar. Todo en él, desde el traje de chaqueta que le quedaba como un guante a los brillantes zapatos italianos o el maletín con sus iniciales, dejaba eso bien claro.

Pero él la empujaba suavemente hacia delante, con un brillo de admiración y simpatía en los ojos que la hizo olvidarse de todo, salvo del rápido latido de su pulso.

–Bueno, ¿debo llamarla simplemente *bella signorina*? –bromeó él entonces. Y su acento italiano hacía que sintiera mariposas en el estómago–. Aunque solo sería la verdad. *Bellissima signorina...*

Eloise intentó respirar, pero de repente el aire parecía tener demasiado oxígeno.

–Eloise Dean.

Él sonrió de nuevo, una sonrisa cálida e íntima que la dejó sin aliento.

–Venga, *signorina* Dean –dijo, tomando su brazo–. Apóyese en mí. Yo cuidaré de usted.

–Pero yo no...

Era muy alto y absolutamente devastador. Su boca parecía como esculpida y las largas pestañas que enmarcaban los ojos oscuros eran para morirse.

–Desde luego que sí –insistió, en voz baja–. Yo cuidaré de usted.

Y eso era lo que Vito Viscari había hecho desde entonces. Horas después, Eloise había descubierto que Vito no tenía intención de viajar a París, sino a Bruselas. Había cambiado de destino por una única razón y lo había admitido abiertamente, con una sonrisa que hizo que se derritiera: para cortejarla. Para conquistarla.

Y lo había conseguido sin hacer ningún esfuerzo.

Eloise no se había molestado en resistirse o discutir. De hecho, pensó, compungida, había participado en el proceso encantada porque ir a París, la ciudad más romántica del mundo, con el hombre más atractivo que había conocido nunca, era un sueño hecho realidad.

Y seguía sintiendo lo mismo después de unas semanas que habían sido un torbellino. Sus pies no parecían tocar el suelo mientras Vito la llevaba por toda Europa de un lujoso hotel a otro, todos de la cadena Viscari, una de las grandes cadenas hoteleras del mundo, que pertenecía a su familia.

Le había contado que estaba haciendo una inspección de sus hoteles europeos, situados en las ciudades más hermosas e históricas, desde Lisboa a San Petersburgo. Y mientras viajaba con él, envuelta en un capullo de romántico entusiasmo, la idea de volver a Gran Bretaña había empezado a esfumarse.

¿Cómo iba a despedirse de Vito? Estar con él era tan embriagador como el champán.

«Sí, pero incluso el champán se termina tarde o temprano... y al final siempre nos despertamos de los sueños».

Tenía que recordar eso.

A su lado, en aquel fabuloso ambiente de hoteles lujosos y gente de la alta sociedad, tenía que hacer un esfuerzo para escuchar esa vocecita interior. Porque, por romántico que fuera viajar por Europa del brazo de Vito, sintiéndose al borde de algo que nunca había sentido antes por un hombre, seguía habiendo preguntas que exigían respuesta.

«¿Puedo confiar en mis sentimientos? ¿Son reales? ¿Y qué siente Vito por mí?».

La deseaba, no había la menor duda. Pero ¿era deseo lo único que sentía? En ese momento vio el brillo de sus ojos y supo que su propio deseo era real, ardiente, un deseo que nunca había sentido por otro hombre.

—¿Eloise?

La voz de Vito, con ese acento italiano tan sexi, interrumpió sus pensamientos.

—Están a punto de servir la cena.

Entraron juntos en el salón, donde habían preparado un fastuoso bufé. Una mujer rubia se acercó a ellos entonces. Debía de ser unos años mayor que Eloise, de la edad de Vito. Iba impecablemente maquillada, con un vestido de diseño en satén dorado, a juego con su pelo. Era la anfitriona que había organizado aquella cena en el hotel Viscari de Niza a la que, por supuesto, Vito había sido invitado.

Eloise no había tardado mucho en darse cuenta de que Vito se movía en los círculos de la alta sociedad y se relacionaba con los ricos y famosos en todas las ciudades de Europa.

Su atractivo, su fortuna, su apellido y su condición de hombre soltero lo convertían en objetivo de las mujeres, a las que atraía como polillas a la luz. Incluyendo, aparentemente, a su anfitriona de esa noche.

—¡Vito, querido! ¡Qué alegría que hayas venido a mi fiesta! —la mujer miró a Eloise sin dejar de sonreír, pero sus pálidos ojos azules brillaban como el hielo—. Así que tú eres la última conquista de Vito. Cuánto le gustan las rubias guapas. Una lástima, me habría gustado hablar de los viejos tiempos —añadió con una risa cantarina antes de alejarse.

Vito miró a Eloise con expresión compungida.

—*Mi dispiace* —se disculpó—. Stephanie y yo nos conocimos hace mucho tiempo. Pero ya no hay nada entre nosotros, te lo aseguro.

Eloise sonrió, comprensiva. No le había molestado el comentario y tampoco le molestaba la atención de tantas otras mujeres. Vito siempre era amable con todas, pero el brillo sensual de sus ojos era solo para ella.

Pero ¿duraría? ¿Ser la mujer en la vida de Vito duraría o sería ella un día la próxima Stephanie? ¿La siguiente exrubia?

¿O había algo más creciendo entre ellos? ¿Algo que sería importante para los dos? ¿Podría ser?

Todas esas preguntas daban vueltas en su cabeza. Era demasiado pronto para obtener respuestas, pero eso le recordaba la necesidad de ser cauta.

No se había enamorado como su madre, que se había casado después de un breve romance solo para descubrir que su marido y ella eran incompatibles. Un descubrimiento que los había alejado y, como resultado, había hecho que ella perdiese a su padre.

«Yo no debo cometer ese error. Sería fácil creer que estoy enamorada de Vito. Especialmente viviendo esta existencia de ensueño, yendo de un maravilloso hotel a otro».

Vito estaba haciendo su presentación como presidente de la cadena de hoteles Viscari, un papel del que había tenido que hacerse cargo a los treinta y un años, tras la inesperada muerte de su padre.

–Soy el único Viscari que queda, el único que puede salvaguardar nuestro legado. Ahora todo depende de mí y no puedo defraudar a mi padre –le había dicho con expresión seria.

Le había parecido notar cierta tensión en su voz, algo más que pesar por la muerte de su progenitor. Pero después siguió contándole que la cadena de hoteles Viscari había sido fundada por su bisabuelo, el formidable Ettore Viscari, a finales del siglo XIX, durante el auge de los hoteles de gran lujo. Ettore le había dejado su herencia a su hijo y él a sus dos nietos, el padre de Vito, Enrico, y su difunto tío Guido, que no había tenido descendencia.

Había sido su tío Guido quien se encargó de la expansión de la cadena por todo el mundo, abriendo hoteles en los destinos de moda para sus ricos clientes. Vito era responsable del legado que debía dirigir y de lo que eso exigía de él, incluyendo su vida social, como esa noche y todas las noches desde que estaba con él.

–Relacionarme con nuestros clientes es algo inevitable –le había explicado–. Es agotador, pero tenerte a mi lado lo hace menos aburrido.

La animó escuchar eso y su emoción se acentuó al ver un brillo en los lustrosos ojos oscuros. Pronto, muy pronto, se despedirían cordialmente de su anfitriona y de los demás invitados para irse a la suite. Allí lo tendría para ella sola y disfrutarían de una noche de exquisito y sensual placer...

Eloise experimentó un temblor de anticipación. Lo que sentía cuando hacía el amor con Vito era algo que no había sentido con ningún otro hombre. Solo él podía llevarla al éxtasis, a un lugar desconocido para ella, y eso eclipsaba todas las preguntas y las dudas sobre aquel loco romance.

Después, mientras estaba entre sus brazos, con el corazón latiendo como las alas de un pajarillo, se sintió llena de anhelo...

«Vito, sé el hombre para mí. Sé el único hombre para mí».

Era tan fácil, tan peligrosamente fácil, creer que podría ser el hombre de su vida.

Pero ¿se atrevería a creerlo?

No podía responder a esa pregunta. Solo sabía que anhelaba atreverse. Anhelaba creer que Vito era el hombre de su vida. Anhelaba amarlo por encima de todo.

Capítulo 2

VITO redujo la velocidad después de pasar la frontera franco-italiana en Mentone. Se dirigían a la siguiente parada, el hotel Viscari de San Remo, en la llamada Riviera de las Flores.

Por la mañana se había reunido con los gerentes del Viscari de Montecarlo para diseñar estrategias, abordar problemas específicos y aceptar opiniones. Después de eso, había tenido una comida de trabajo y solo en ese momento, a media tarde, volvían a Italia.

Se alegraba de volver a Roma después de tantas semanas viajando por Europa, aunque no había hecho ese largo y necesario viaje solo para presentarse como nuevo presidente de la cadena hotelera. Irse de Roma le había dado un respiro de la ciudad y de las complicaciones que lo esperaban allí. Unas complicaciones que no necesitaba.

Vito apretó los labios. Esas complicaciones seguían esperándolo en Roma y tendría que lidiar con ellas. Pero aún no.

No, decidió, no había necesidad de arruinar esos últimos días de felicidad, cuando Eloise estaba a su lado.

«Eloise».

Se volvió para mirarla y se le iluminaron los ojos al

ver el hermoso perfil. Se alegraba tanto de haber hecho caso de su instinto cuando la conoció en el aeropuerto de Heathrow.

Por supuesto, había sido su belleza lo que lo había cautivado. ¿Cómo iba a resistirse a tal regalo? Siempre le habían gustado las mujeres rubias, desde que era un adolescente y empezaba a descubrir los encantos del sexo opuesto. Y, cuando vio a la preciosa rubia de largas piernas, una belleza que lo miraba con unos celestiales ojos azules, se había quedado inmediatamente cautivado.

El deseo que había sentido por ella entonces había sido satisfecho en París y le había parecido lo más natural del mundo seguir su tour europeo con ella a su lado. Con cada nuevo destino se reafirmaba en su decisión porque estaba claro que no era solo su belleza lo que lo atraía de ella.

Al contrario que muchas otras *inamoratas*, la elegante Stephanie, por ejemplo, Eloise poseía un carácter dulce y encantador. No era caprichosa ni exigente, nunca se enfadaba. Al contrario, sonreía a todas horas, feliz de hacer lo que él quisiera hacer.

Nunca había conocido a una mujer como ella.

Vito volvió a mirar la carretera, pensativo. En un par de días estarían en Roma.

¿Seguirían juntos o sería el momento de decirse adiós? Siempre era él quien rompía las relaciones, despidiéndose amablemente de su última amante antes de que otra rubia se cruzase en su camino y despertase su interés. Disfrutaba de cada aventura, siempre era fiel y atento, pero cuando terminaban no sentía el menor remordimiento.

Vito frunció el ceño. ¿Sería siempre así, una aventura después de otra hasta que...?

«¿Hasta cuándo? ¿Qué es lo que quiero?».

No era una pregunta que se hiciera a menudo, pero él sabía la respuesta. Tal vez siempre la había sabido.

«Quiero encontrar a una mujer a la que pueda amar tan profundamente como mi padre amó a mi madre».

Ese había sido siempre su objetivo. Pero ¿sería posible?

«Tal vez por eso voy de una aventura a otra, porque no quiero llevarme una desilusión. Porque temo que sea imposible tener un matrimonio tan feliz como el de mis padres».

Vito experimentó una oleada de tristeza. Sí, sus padres habían sido muy felices y él, su único hijo, se había beneficiado de ello. Había sido adorado por sus dos progenitores, tal vez incluso demasiado mimado.

Pero haber sido tan querido por sus padres lo había hecho consciente de su responsabilidad hacia ellos y siempre había intentado ser merecedor del amor que le habían dado. Vito intentó contener una oleada de tristeza. Desde la muerte de su padre la vida no había sido fácil para su madre. Quedarse viuda había sido un duro golpe y Vito temía que el brillo de tristeza no desapareciese nunca de sus ojos.

«Tal vez cuando me case y le dé un nieto... tal vez entonces volverá a ser feliz».

Pero ¿quién sería su novia? De nuevo, miró a Eloise con expresión interrogante.

«¿Qué es ella para mí y qué quiero yo que sea? ¿Podría ser Eloise la mujer de mi vida?».

No lo sabía, aún no. No lo sabría hasta que llegasen

a Roma y terminasen los constantes viajes. Por el momento, disfrutaría del tiempo que estuvieran juntos.

–¿Sabías que San Remo es famosa por su mercado de flores? –le preguntó–. ¿Y que todos los años la ciudad envía sus mejores flores a Viena para adornar el famoso Concierto de Fin de Año?

–Qué bonito –dijo Eloise, con una sonrisa tan cálida como siempre–. Todos los años veo el concierto en televisión. ¡Me encantan los valses de los Strauss! Y nunca olvidaré la noche que pasamos en Viena –añadió, con una sonrisa pícara–. Cuéntame más sobre San Remo.

Por supuesto, Vito estuvo encantado de hacerlo.

Su estancia allí fue breve y pronto se dirigieron a Génova, antes de ir a Portofino, a los pintorescos pueblos de Cinque Terre y a la costa de la Toscana. Roma estaba solo a un día de camino.

A medida que se acercaban a la ciudad, Eloise notaba un cambio en su propia actitud. Sus apasionados encuentros íntimos eran más intensos que nunca. Se agarraba a él como si no quisiera soltarlo nunca.

«Porque no quiero soltarlo. No quiero que esto termine, quiero quedarme con él».

Eso era lo que sentía mientras se acercaban a Roma y, cuando por fin entraron en la ciudad, con un tráfico infame, esa emoción se intensificó.

«¿Me llevará a su apartamento?», se preguntó mientras atravesaban el centro histórico, repleto de famosísimos monumentos. Pero entonces se dio cuenta de que entraban en el hotel Viscari, el hotel original de la familia. Vito estaba contándole su historia con una nota de orgullo en la voz y Eloise vio con qué alegría lo saludaban los empleados. Poco después se dirigieron al ascensor, que los llevó a lo que habían sido originalmente los áticos, ahora convertidos en una enorme y lujosa suite.

Vito la llevó a la terraza, desde la que podía ver toda la ciudad.

—Roma —dijo, suspirando, mientras le pasaba un brazo por la cintura y con la otra mano señalaba las famosas siete colinas. A Eloise le parecían más bien pequeñas, pero las admiró de todos modos porque eran tan queridas para Vito.

«Como él lo es para mí».

Vito se volvió hacia ella con un brillo de deseo en los ojos oscuros y sus cinco sentidos respondieron cuando inclinó la cabeza para buscar sus labios.

No tardaron mucho en entrar de nuevo en la suite para aprovechar la privacidad y el lujo del fabuloso dormitorio.

—Bienvenida a Roma, mi dulce Eloise —murmuró Vito mientras la tomaba entre sus brazos.

Y ella dejó de preguntarse por qué la había llevado al hotel en lugar de llevarla a su apartamento. La pasión del encuentro hizo que olvidase todo lo demás.

Con el ceño fruncido, Vito colgó el teléfono abruptamente y se revolvió, inquieto y molesto, en el sillón de piel frente al escritorio de su despacho.

Accidenti. No era eso lo que él quería. Sin embargo, su madre había insistido.

—Tienes que acudir a la recepción de esta noche —le había dicho con tono serio.

Pero ir a la recepción a insistencia de su madre era

lo último que quería hacer, y menos esa noche. Lo que quería hacer, la forma en la que quería pasar la noche, era bien diferente.

Quería pasear por Roma con Eloise.

Su expresión se suavizó. Solo con pensar en ella se animaba. Había estado tenso durante todo el día en la oficina y quería pasar la noche con ella, pero el futuro de la cadena Viscari dependía de él.

Un brillo de tristeza apareció en sus ojos mientras se echaba hacia atrás en el sillón. El sillón de su padre. Cuatro generaciones lo habían precedido, las cuatro generaciones que habían creado y mantenido el formidable legado que él debía conservar.

Salvo que... sus ojos se ensombrecieron. Ese legado ya no era solo suyo.

Vito apretó con fuerza los brazos del sillón. ¿Cómo se le había ocurrido a su tío Guido dejarle sus acciones a Marlene, su viuda, y no a él, como había sido siempre el entendimiento de la familia? Esa desastrosa decisión, y la frustración ante la negativa de Marlene de venderle las acciones, habían acrecentado los problemas de salud de su padre, provocando su prematuro fallecimiento quince meses antes.

Sus padres siempre habían considerado a Marlene una buscavidas, ansiosa de dinero y poder. Y por eso, y a pesar de la fortuna que le habían ofrecido, la viuda de Guido se negaba a venderles sus acciones.

La expresión de Vito se endureció. Porque había algo más. Él sabía de la persistente y absurda fijación de Marlene. Tras la muerte de Guido, estaba obsesionada con encontrar la forma de cimentar su posición en la familia Viscari.

«Sigue soñando», pensó, airado. Marlene podía soñar todo lo que quisiera, pero nunca conseguiría su objetivo, su ridícula ambición.

Porque nunca, por mucho que insistiera, iba a convencerlo para que se casara con su hija, Carla.

Cuando Vito entró en la suite, Eloise se levantó del sofá y corrió a besarlo, con un brillo alegre en los ojos.

—¿Me has echado de menos? —le preguntó él, tirándose en el sofá mientras se aflojaba el nudo de la corbata y se desabrochaba, aliviado, los dos primeros botones de la camisa.

Dio, cuánto se alegraba de verla, aunque solo hubieran estado separados durante unas horas. Estar a su lado lo animaba y le hacía olvidar la presión tras la llamada de su madre.

—¿Una cerveza? —sugirió ella, acercándose al bar.

—Desde luego —respondió Vito, agradecido—. ¿Qué haría yo sin ti? —bromeó luego, tomando un largo trago.

—Oye, que no es agua —protestó Eloise, riéndose mientras se apoyaba en su torso.

Él se rio también mientras estiraba las piernas. El brillo de los hermosos ojos azules era como un bálsamo para sus atribulados pensamientos.

«Tengo que solucionar el problema de las acciones de Guido. Tengo que convencer a Marlene para que acepte el dinero que le ofrecemos».

Un recuerdo lo perseguía y siempre lo perseguiría. Su padre implorándole: «Paga lo que haga falta».

La emoción que le producía ese recuerdo era como un puñal en el costado.

Vito tomó otro trago de cerveza, intentando disipar sus angustiosos recuerdos.

–¿Va todo bien?

En la voz de Eloise había una nota de preocupación y lo miraba con expresión interrogante.

«Ojalá pudiese tenerla a mi lado esta noche».

La recepción en la fastuosa villa de su tío Guido, organizada para presentar unas obras de arte que la familia Viscari iba a donar temporalmente a un museo, era una ocasión que Marlene aprovecharía para darse aires de reina. Y su madre estaría indignada, haciendo comentarios mordaces sobre su odiada cuñada.

Ir con Eloise haría que todo fuese más soportable, pensó Vito. Y también le dejaría claro a Marlene que no tenía el menor interés en su hija. Carla y él se llevaban bien, a pesar de la fricción entre sus madres. Era una chica muy atractiva, morena y seductora, pero a él le gustaban las rubias. Guapas, de largas piernas, con el pelo dorado y los ojos muy azules.

Como Eloise.

Cuando miró su rostro sintió una extraña emoción, una que no había sentido antes y a la que no podía poner nombre. Por un momento, deseó no haberla llevado al hotel sino a su propio apartamento. Pero, ¿habría sido sensato? ¿Le habría dado a entender algo de lo que aún no estaba seguro?

«¿O estoy seguro, pero no quiero admitirlo?».

Claro que había otra razón para no llevarla a su apartamento: su madre, que habría empezado a hacerse ilusiones y aún no estaba preparado para eso.

«Necesitamos tiempo para descubrir qué somos el uno para el otro».

Además, la velada de esa noche estaría cargada de tensión y lo último que quería era exponer a Eloise a la discordia familiar por las acciones de Guido.

«Tengo que conseguir las acciones y luego podré concentrarme en Eloise, descubrir lo que siento por ella y lo que ella siente por mí».

Vito se aclaró la garganta antes de responder:

—Esta noche tengo que acudir a una recepción de la que no puedo escapar —le dijo—. Es un fastidio, pero no tengo más remedio que ir.

—Ah, qué pena.

—Me encantaría quedarme contigo. Había pensado enseñarte Roma de noche. La Fontana de Trevi, los escalones de la Plaza de España... —dijo Vito, suspirando—. En fin, me temo que tendremos que esperar hasta mañana.

—No importa, no te preocupes.

Vito se tomó el resto de la cerveza y dejó el vaso vacío sobre la mesa, dándole una distraída palmadita en la mano antes de levantarse.

—Muy bien, ya he recargado las pilas. Hora de ducharse y ponerse el esmoquin.

Se pasó una mano por el mentón con gesto distraído. También tenía que afeitarse. Entonces miró el reloj de oro de su muñeca. Tal vez había tiempo para algo más agradable que una ducha y un afeitado...

Mientras le ofrecía su mano pensó que era la primera vez que no iban a pasar la noche juntos desde que se conocieron en el aeropuerto de Heathrow. Bueno, razón de más para aprovechar el tiempo antes de hacerse cargo de sus obligaciones.

Pero no quería pensar en obligaciones en ese momento, cuando le quedaba tan poco tiempo con Eloise.

Vito enredó los dedos en la rubia melena, inclinando la cabeza para buscar sus labios. Y ella respondió inmediatamente, como hacía cada vez que la besaba. Sintió un incendio en su interior mientras tiraba de ella para guiarla hacia la cama. El deseo prendió rápidamente, consumiéndolo.

Eloise, la mujer a la que deseaba.

Ese fue su último pensamiento racional durante mucho, mucho tiempo.

Capítulo 3

YO CREO que todo ha ido de maravilla –anunció Marlene con tono satisfecho mientras sonreía a Vito y su madre, que estaba tras él, como había estado durante toda la noche, con gesto inexpresivo.

Y ella no era la única que mantenía un gesto inexpresivo. Carla Charteris, la hija de Marlene, también parecía más seria que de costumbre. Hacía tiempo que no se veían y lo último que sabía de ella era que mantenía un tórrido romance con Cesare di Mondave, conde de Mantegna, ni más ni menos. Seguramente, Carla también estaba deseando volver con su amante, como él con Eloise.

Marlene, aprovechando que los invitados se habían marchado, los invitó a quedarse para tomar café.

–Tenemos tantas cosas que hablar ahora que has vuelto de tu larga excursión, Vito.

Que se refiriese a su viaje de negocios como a «una excursión» lo molestó, como le molestaba casi todo en ella.

–Sí, claro.

–Y tenemos que solucionar el asunto de las acciones, ¿no?

Vito se puso tenso. ¿Qué estaba tramando? Había

estado vigilando los movimientos del mercado, atento a los rumores de la industria hotelera en caso de que Marlene hubiera querido vender sus acciones a una empresa rival, pero no había visto ninguna actividad sospechosa.

Ni siquiera por parte de Nic Falcone, que estaba claramente interesado en darle un mordisco a los hoteles Viscari para alimentar sus ambiciosos planes. Vito siempre vigilaba de cerca a tan peligroso rival.

Quería creer que Marlene no traicionaría a la familia de su marido de ese modo, pero no podía permitirse ignorar tan descarada insinuación.

—Mamá, te acompaño al coche. Voy a quedarme un rato para charlar con Marlene.

Su madre asintió, fulminando con la mirada a su cuñada, que parecía el gato que se comió al canario.

Vito se armó de valor cuando volvió al salón. Marlene estaba sentada en un sillón, con Carla de pie tras ella. Su expresión era tan rígida que se preguntó si le ocurría algo.

Pero era con su madre con quien debía hablar. Y la escucharía porque todo dependía de aquella conversación. El futuro de los hoteles Viscari, el legado que él debía proteger. Aunque el legado estaba ahora dividido entre los dos y Marlene podría hacer lo que quisiera con sus acciones.

A menos que encontrase un modo de evitarlo. Y tenía que hacerlo.

En su cabeza apareció la visión que más lo angustiaba: su padre en la cama del hospital durante los últimos minutos de su vida, apretando su mano mientras su madre sollozaba en silencio.

«Tienes que recuperar esas acciones, Vito. Debes hacerlo. Como sea, haz lo que tengas que hacer. Paga lo que ella exija, da igual. No importa el precio. Prométemelo, hijo, prométemelo».

Y Vito se lo había prometido. ¿Qué otra cosa podía hacer cuando su agonizante padre estaba suplicando, atándolo a una promesa inquebrantable?

«Inquebrantable».

Esa palabra se repetía en su cabeza mientras escuchaba a Marlene, que estaba preguntándole por su viaje mientras tomaban café. Pero, por fin, dejó la taza sobre la mesa y miró brevemente a su hija, que escuchaba la conversación en silencio.

–Y ahora –empezó a decir, mirándole a los ojos–, debemos hablar sobre el futuro, ¿no te parece? El asunto de las acciones que me dejó mi difunto marido.

«Por fin», pensó Vito, impaciente.

Había una benigna sonrisa en las bien preservadas facciones de Marlene... una sonrisa fría que no iluminaba sus ojos.

–Mi pobre Guido me confió esas acciones y, por supuesto, yo debo honrar su confianza. Y, por eso, para resolver este asunto, he encontrado una solución conveniente para todos –Marlene miró a su hija y el corazón de Vito se volvió de hielo–. ¿Qué sería mejor que unir a las dos familias gracias a esas acciones?

Vito se quedó paralizado. ¿Qué clase de farsa era aquella? Miró impacientemente a Carla, esperando que expresase el mismo rechazo que él sentía, pero no hubo ninguna reacción. Su prima lo miraba con expresión helada.

–¿Carla?

–Creo que es una idea estupenda –dijo ella sin cambiar de expresión.

Vito la fulminó con la mirada. Demonios, aquello no podía estar pasando.

Eloise daba vueltas en la cama, inquieta. ¿Cuánto tiempo duraría la recepción en casa del tío de Vito? Era más de medianoche y se sentía melancólica sin él. Había pedido la cena al servicio de habitaciones, pero apenas la había probado mientras miraba distraídamente la televisión. Echaba de menos a Vito, se sentía abandonada y, por fin, se había ido a la cama. Pero no podía dormir sin tenerlo a su lado.

Intentó ser positiva. Después de todo, Vito llevaba muchas semanas lejos de Roma y era natural que su madre quisiera acapararlo un poco.

Tal vez estaba hablándole de ella.

Pero ¿qué podía contarle? Esa elegante mujer de Niza, una de sus ex, la había llamado ácidamente «su última conquista».

«Dando a entender que solo soy una más en una larga lista de mujeres, y que ninguna significa nada para él».

¿Era ella alguien especial para Vito? ¿Y quería serlo?

«Quiero pasar tiempo con él, mantener una relación de verdad. Quiero descubrir lo que significa para mí y yo para él».

Viviendo en Roma, instalándose allí, conseguiría ese objetivo. Podría encontrar trabajo como niñera, tal vez con una familia británica, mientras Vito tomaba las riendas del negocio familiar. Aprendería el idioma, aprendería a cocinar platos italianos... incluso aprendería a hacer pasta fresca.

Su imaginación empezó a volar. Se veía haciendo la cena para Vito, siendo parte de su vida. Emocionada, se dio cuenta de lo atractiva que era esa imagen y por qué.

«Debe de significar que Vito es importante para mí, mucho más que un romance pasajero, ¿no?».

Seguía dando vueltas y vueltas en la cama, deseando que Vito volviese cuanto antes porque echaba de menos su compañía.

Por fin, debió de quedarse dormida y se despertó de repente.

–¿Vito? –murmuró, adormilada. Él estaba frente a la ventana del dormitorio, su silueta recortada a la luz de la luna, inmóvil–. ¿Ocurre algo? –le preguntó, inquieta.

Vito apretó los dientes. Sí, ocurría algo, algo terrible. Le parecía escuchar las fatídicas palabras de Carla:

«Creo que es una idea estupenda».

La furia y la incredulidad explotaron dentro de él.

–¡No puedes decirlo en serio! –le había espetado.

Carla no se había molestado en responder. Sencillamente, había apartado la mirada mientras Marlene, dejando escapar una risita, se levantaba del sillón.

–Mi querido Vito –empezó a decir–. Tú debes de saber cuánto me gustaría que fueras mi yerno. Es un sueño largamente acariciado por mí.

El brillo de triunfo de sus ojos acrecentó la furia de Vito, que se volvió hacia su prima en cuanto Marlene salió del salón.

–¿Se puede saber a qué diantres estás jugando, Carla? –le espetó, encolerizado–. Tú siempre has ignorado la absurda obsesión de tu madre por casarnos, como he hecho yo. Y en cuanto a las acciones de mi tío, te he dicho muchas veces que estoy dispuesto a pagar un precio más que generoso...

–Y el precio es casarte conmigo –lo había interrumpido ella con voz tensa.

–Carla, no pienso tomar parte en la humillante y desagradable fantasía de tu madre.

Vito notó que la joven se ponía colorada.

–¿Crees que casarte conmigo sería humillante y desagradable?

–No, lo siento, no quería decir eso –se disculpó él–. Carla, ¿qué está pasando aquí? Sé que mantienes una relación con Cesare di Mondave... –Vito se interrumpió al ver un brillo de emoción en los ojos de color violeta–. ¿Qué ocurre? ¿Cesare ha roto contigo?

Su prima se ruborizó.

–Al parecer, tú no eres el único que considera humillante y desagradable casarse conmigo –respondió por fin.

–Lo siento mucho, de verdad. Bueno, francamente, yo sabía que terminaría así. Los orígenes de la familia Mantegna se remontan hasta la antigua Roma y Cesare se casará con una mujer con el mismo linaje. Puede que tenga aventuras mientras tanto, pero nunca se casará con una mujer que...

–Una mujer que está a punto de anunciar su compromiso con otro hombre –volvió a interrumpirlo ella–. Y casarte conmigo es la única forma de conseguir esas acciones.

Después de decir eso salió del salón y Vito se quedó inmóvil, sintiéndose atrapado, engañado.

Y seguía sintiéndose así mientras miraba a Eloise.

«Eloise». Con ella podía olvidar la trampa que le habían tendido.

Se inclinó sobre la cama y la tomó entre sus brazos. Su delicado cuerpo era como plumón, el pelo como seda, su piel tan suave como el terciopelo. La estrechó contra su pecho y el olor de su piel fue como un bálsamo para su alma.

Allí era donde quería estar. Allí, con Eloise. La abrazó con fuerza, aplastando sus pechos, excitándose con el roce de sus duros pezones. Hundió la cara en su pelo, buscando el satén de su piel, y deslizó los labios por su garganta, su barbilla, antes de llegar a su objetivo, los suaves labios entreabiertos.

Ella dejó escapar un suspiro que Vito conocía bien, el suspiro que era el presagio del éxtasis. Disfrutó de ella, deleitándose en su dulzura. Siguió besándola apasionadamente mientras se desabrochaba los botones de la camisa para liberarse de la prenda. Para liberarse de la trampa que le habían tendido, para tener lo que más anhelaba.

A Eloise entre sus brazos, con su cuerpo dándole la bienvenida, los pechos aplastados contra su torso, los muslos abiertos para él, recibiéndolo, llevándolo al sitio en el que quería estar, el sitio al que solo ella podía llevarlo.

El resto del mundo desaparecía y solo importaba lo que sentía en ese momento, lo que estaba haciendo. Porque no había nada más. Lo único que importaba era Eloise y solo ella, solo ese momento.

Y, cuando el incendio los consumió a los dos, dejando solo una dulce languidez de miembros enredados, de cuerpos sudorosos, solo entonces un pensamiento se formó en su cabeza.

«No quiero perder esto».

–¿Ocurre algo, Vito?

El tono de Eloise estaba cargado de preocupación. Le había hecho esa pregunta la noche anterior, pero él no había respondido. La había llevado al paraíso sensual al que siempre la llevaba, haciendo que se olvidase de todo salvo de la felicidad de su posesión. Haciendo que olvidase la inquietud que había sentido cuando entró en el dormitorio y la miró con expresión tensa, ausente, como si estuviera en otro sitio.

Sentía la misma inquietud en ese momento, mientras tomaban el desayuno en la terraza de la suite. Vito, a pesar de su amable sonrisa, parecía abstraído.

–No, todo está bien –le aseguró él, intentando parecer convincente. No quería preocuparla con sus problemas.

Pero mientras la miraba, la imagen de otra mujer apareció en su cabeza. Carla, dolida por el rechazo del amante que la había despreciado, empujada a lanzar ese absurdo ultimátum para salvar su orgullo.

Casarse con ella era la única forma de conseguir las acciones de Guido.

Se sentía frustrado, furioso. Más que eso, experimentaba un dolor abyecto.

De nuevo, recordó a su padre suplicándole en su lecho de muerte que recuperase las acciones de Marlene para salvaguardar el legado familiar. Esas serían las últimas palabras que pronunciaría antes de morir.

«¿Cómo voy a romper esa promesa? ¿Cómo voy a traicionarlo cuando me lo suplicó en el último instante de su vida?».

No, no podía romper esa promesa, pensó, con el corazón encogido.

−¿Vito?

La voz de Eloise interrumpió sus pensamientos e intentó sonreír, aunque tuvo que hacer un esfuerzo.

«No quiero que nada de esto la afecte. Es demasiado triste, demasiado horrible».

Quería protegerla, aislarla hasta que se hubiera librado de aquella terrible pesadilla.

«Cuando todo esto haya terminado, cuando haya recuperado las acciones, entonces...».

Entonces sería libre para hacer lo que quisiera y lo que quería era concentrarse en Eloise y descubrir lo que significaba para él.

«Descubrir si es la mujer de mi vida».

Pero no había oportunidad de hacer eso por el momento. No la habría hasta que encontrase la forma de escapar de la trampa que le había tendido Marlene.

−Lo siento −se disculpó−. Me espera un largo día de trabajo y, por desgracia, debo irme a la oficina.

Sonrió con gesto compungido, dejando la servilleta sobre la mesa antes de levantarse. Dejarla era lo último que quería hacer, pero no podía evitarlo.

Eloise lo vio marchar con expresión preocupada.

«¿Quiere romper conmigo? ¿Es por eso por lo que se muestra tan evasivo?».

Esas preguntas, y el dolor que sentía en el corazón, delataban una dolorosa verdad.

«No quiero separarme de él».

Vito estaba sentado tras su escritorio, el escritorio que una vez había sido de su padre, escuchando la estridente voz de Carla en su cabeza: «Casarte conmigo es la única forma de conseguir esas acciones».

Su cabeza parecía a punto de explotar, pero tenía que hacer un esfuerzo para calmarse. Tal vez por la mañana su prima vería las cosas de otro modo y se daría cuenta de que lo que pedía era imposible, absurdo. O, con un poco de suerte, Cesare di Mondave volvería a su lado y le pediría que se casase con él.

Ese breve destello de esperanza murió instantáneamente. Él no conocía bien a Cesare, pero estaba seguro de que el conde tenía alguna aristócrata escondida en alguna parte y se casaría con ella cuando se hubiese cansado de mantener aventuras con mujeres seductoras y voluptuosas como Carla Charteris.

Sintió una punzada de simpatía por ella, a pesar de la desagradable escena de la noche anterior. Si estaba enamorada de Cesare di Mondave, por insensato que fuera, solo podía sentir compasión por ella. Haber perdido al amor de su vida debía de doler mucho.

Aunque él nunca había estado enamorado.

Pensó entonces en Eloise, que literalmente había caído a sus pies y a quien él había tomado en sus brazos, en su vida. No sabía lo que sentía por ella, pero una cosa era segura: no quería despedirse. Su romance no había terminado.

Pero hasta que hubiera solucionado aquella horrible situación con las acciones de su tío Guido no era libre de pensar en Eloise.

Vito apretó los dientes. Había vuelto a Roma el día anterior y, de inmediato, Marlene lo había acorralado con su estratagema. No había hecho nada mientras él estaba de viaje por Europa.

«Entonces, ¿por qué no irme de viaje de nuevo? Si no estoy en Roma, Carla y ella no podrán hacer nada».

¿Dónde ir? Lo más lejos posible. El Caribe sonaba ideal. La última adquisición de la cadena Viscari estaba en la exclusiva isla de Santa Cecilia. Podría visitar el hotel y, a la vez, alejar a Eloise de aquella situación imposible.

Mucho más animado, iba a llamarla para contárselo cuando sonó el teléfono. Era su director financiero.

—¿Qué ocurre? —le preguntó, intentando disimular su impaciencia.

—Acabo de recibir una llamada de un periodista al que conozco —respondió el hombre. Y Vito notó una nota de alarma en su voz—. Quería saber si era cierto el rumor de que Falcone está en discusiones con la viuda de tu tío para comprar sus acciones. ¿Qué quieres que le diga?

Vito se quedó inmóvil. El viaje con Eloise al Caribe acababa de irse por la ventana.

Quince minutos después, furioso, se enfrentaba con Carla en su apartamento del centro histórico de la ciudad.

—No puedes seguir adelante con esta locura y tú lo sabes tan bien como yo.

Era evidente que Marlene se había puesto en contacto con Falcone para apresurar su consentimiento a la boda, pero Carla tenía que darse cuenta de que era una idea absurda. Siempre se habían llevado bien. Había cuidado de ella cuando llegó a Roma siendo adolescente, le había presentado a sus amigos... y, después de todo, ella no era responsable del impopular segundo matrimonio de su madre.

–Tú no tienes el menor interés en casarte conmigo.

–En realidad, sí lo tengo –respondió ella–. Quiero que todo el mundo me vea casándome con Vito Viscari.

–Lo que quieres es que Cesare te vea casarte conmigo. Eso es lo único que te interesa.

–Así es. Y después de eso puede irse al infierno para siempre –exclamó Carla, con la furia de una mujer despechada.

–¿Y después de la boda? –le preguntó Vito, decidido a hacerla entrar en razón–. Cuando Cesare se dé cuenta de lo que ha perdido, ¿entonces qué? Entonces estarás casada conmigo.

En los ojos de Carla había un brillo maníaco.

–Haré fiestas, grandes fiestas. Y todo el mundo verá lo feliz que soy.

Vito dejó escapar un suspiro de derrota. Porque «todo el mundo» significaba Cesare y nadie más. Tenía que jugar su última carta y, mirándola directamente a los ojos, le dijo con expresión seria:

–Carla, yo no puedo casarme contigo. Estoy involucrado con otra persona... alguien a quien conocí en Inglaterra.

Allí estaba, lo había dicho.

Pero lo único que consiguió fue que su prima soltase una burlona carcajada.

–¿Qué, otra de tu interminable desfile de rubias? No te molestes en contarme historias, Vito. Te conozco y sé que las mujeres entran y salen de tu vida como mariposas. Ninguna significa nada para ti –le espetó, con una expresión retorcida de dolor–. Como yo no significo nada para Cesare... –Carla se interrumpió abruptamente, mirándolo con expresión venenosa–. Si no quieres que mi madre venda las acciones a Falcone, anunciarás nuestro compromiso. ¡Ahora mismo, Vito, ahora mismo!

Había una nota de histeria en su voz. Si insistía, a su prima le daría un ataque, de modo que Vito salió de la casa sin decir nada más. Sabía que no serviría de nada.

Recordaba sus propias palabras: «Estoy involucrado con otra persona».

Eloise. Su hermoso rostro confiado levantado hacia él...

«No puedo hacerle esto».

Tenía que haber una forma de solucionarlo, fuera la que fuera. Tenía que haber una forma de dar largas a Marlene, de escapar de las garras de la desesperada Carla, que intentaba hundirlo con ella.

Mientras subía al coche sonó su móvil y lo miró, enfadado. Pero era su madre y sabía que debía contestar. Y sabía también que no podía contarle lo que había hecho Marlene: ofrecer las acciones de Guido a una empresa rival para forzar su mano.

Pero, por el tono asustado de su madre, supo que era demasiado tarde.

–¡Vito, *esa mujer* acaba de llamarme amenazando con vender las acciones a Falcone si no anuncias tu compromiso con Carla! Tienes que hacerlo, hijo.

–Mamá, no puedes hablar en serio.

Entonces oyó un sollozo al otro lado.

–Vito, le hiciste una promesa a tu padre. Él te lo suplicó en su lecho de muerte. Por favor, hijo, no traiciones a tu padre. Prometiste que recuperarías las acciones de Guido y no puedes romper esa promesa... no puedes hacerlo.

Vito tragó saliva.

–Mamá, no puedo hacer lo que Marlene me pide...

–Debes hacerlo –lo interrumpió su madre, con tono desesperado.

Él cerró los ojos. Notaba lo disgustada que estaba y tenía que calmarla de algún modo.

–Mamá, escúchame. Haré el anuncio, ¿de acuerdo? Anunciaré mi compromiso con Carla.

De ese modo conseguiría algo que era vital en ese momento: tiempo. Tiempo para controlar una situación que se le escapaba de las manos. Tiempo para encontrar una solución, una salida. Tiempo para pensar.

–Gracias a Dios –dijo ella, aliviada–. Sabía que harías lo que debías, hijo mío. Yo sabía que nunca romperías la promesa que le hiciste a tu padre.

Vito intentó calmarla antes de cortar la comunicación para poder concentrarse en cómo neutralizar a Marlene, para pensar en lo que implicaba lo que acababa de hacer.

«Solo es un anuncio, nada más. No es una boda. Lo único que quiere Carla es vengarse de Cesare, meterle nuestro compromiso por su aristocrático gaznate, y yo puedo seguirle la corriente por el momento. Hasta que encuentre la forma de calmarla y persuadir a Marlene para que me venda las acciones sin la farsa de ese matrimonio».

Estaba intentando ganar tiempo, nada más. Intentando engañar a Marlene, aplacar a Carla, calmar el disgusto de su madre y encontrar una salida, una solución. Un modo de mantener la promesa que le había hecho a su padre.

Vito volvió a la oficina. Su prioridad, después de autorizar el maldito anuncio, era acabar con esos rumores sobre la venta de las acciones a Falcone. Tenía que hablar con los miembros del consejo de administración, con los analistas financieros, con los periodistas económicos...

Y, sobre todo, tenía que hablar con Eloise.

«No puedes anunciar tu compromiso con Carla sin explicarle la situación».

Vito masculló una palabrota. Tenía que volver a la oficina para solucionar aquel embrollo. O podía hacer las llamadas desde el hotel y luego hablar con Eloise, explicarle...

«¿Explicarle qué? *Dio*, ¿explicarle que voy a comprometerme con otra mujer? Yo no quería nada de esto. Lo único que quería era estar con Eloise en Roma, los dos solos, explorando nuestra relación, descubriendo qué significamos el uno para el otro».

Pero Marlene y Carla habían destruido esa posibilidad. No les importaban nada las complicaciones que estaban provocando en su vida o lo que era importante para él.

Y él tenía que cumplir la promesa que le había hecho a su padre en su lecho de muerte, eso era lo primordial.

Sintió como si una garra le apretase el corazón. No había modo de escapar. Aquello estaba ocurriendo en el peor momento y no podía dejar que hiciese peligrar su relación con Eloise.

Pero ¿cómo evitarlo? ¿Cómo alejarla de los rumores

que empezarían inevitablemente en cuanto el anuncio de su compromiso con Carla se hiciera público? Tenía que protegerla.

Entonces se le ocurrió una posibilidad. No era perfecta, pero al menos era factible.

«La llevaré a Amalfi. Eloise puede quedarse allí, esperándome. Le explicaré por qué, le pediré paciencia y confianza mientras yo busco una forma de escapar de la trampa de Marlene y le doy tiempo a Carla para que recupere el sentido común».

Pero, aunque sabía que sacar a Eloise de Roma era vital, una sensación de inminente pérdida lo asaltó. No quería separarse de ella en absoluto, ni siquiera durante unos días.

Su cabeza amenazaba con estallar mientras pensaba en la situación, indignado con su tío, que había tirado la mitad del legado de los Viscari, indignado con Marlene, que estaba decidida a forzar su mano. Indignado con Carla, que estaba determinada a vengarse del hombre que la había dejado plantada. Con su padre, que lo había atado a una promesa inquebrantable de amor y lealtad. Y con su madre, desesperada porque él aceptase llevar esa cadena alrededor del cuello.

Una imagen se formó en su mente entonces, una visión tan abrumadoramente tentadora que estuvo a punto de alargar una mano para tocarla.

Eloise y él, caminando de la mano por una playa tropical a la luz de la luna. Las olas del Caribe besando sus pies desnudos sobre la cálida arena. Lejos, muy lejos de allí, lejos de todo aquello. Libre de todo.

Que Marlene hiciera lo que quisiera, que vendiese las acciones de su tío a otra empresa.

«Podría hacerlo. Podría tomar a Eloise de la mano y marcharme con ella... dejar todo esto atrás para estar con ella».

Era una visión maravillosa, pero dejó que se esfumase, resignado. No podía escapar, no podía renegar de sus obligaciones, de sus responsabilidades.

«Tengo que solucionar esto. Es una batalla que tengo que librar y encontrar la manera de ganarla».

Pero sobre el asunto del matrimonio era inflexible: daba igual lo que tuviese que pagar por las acciones de Guido, el precio nunca sería casarse con Carla.

Capítulo 4

LA EXPRESIÓN alegre de Eloise cuando llegó a la suite a media tarde fue como un bálsamo para Vito. Cuando tomó sus manos e inclinó la cabeza para besarla sintió como si le hubieran quitado un peso de encima.

–Qué alegría –estaba diciendo ella–. No te esperaba esta tarde y pensaba bajar a la piscina. He estado explorando la ciudad esta mañana... he visto la Plaza de España y la Fontana de Trevi.

Vito esbozó una sonrisa, encantado al ver su alegre expresión y el brillo de sus ojos azules. Tendría que llevársela a la costa de Amalfi, pero solo durante un tiempo, el menor tiempo posible.

«Le explicaré lo que tengo que hacer y por qué, y ella lo entenderá. Sé que lo entenderá».

Podía confiar en ella, estaba seguro. Ya no tenía más remedio que involucrarla en aquel desastre, pero sabía que podía contar con su comprensión y su paciencia. Y sabía que lo esperaría hasta que pudiese solucionar el problema.

Vito se quitó la chaqueta y se aflojó el nudo de la corbata.

–Tengo que hacer unas llamadas, pero mientras lo hago mete un par de cosas en la maleta. Vamos a pasar el fin de semana en Amalfi.

Esperaba un gesto de alegría, como había hecho siempre cuando anunciaba un nuevo destino en Europa, pero Eloise lo miraba con un brillo de confusión e incertidumbre en los ojos.

–Pero si acabamos de llegar a Roma.

–Lo sé, pero... –Vito intentó pensar con rapidez–. Ha ocurrido algo y quiero que pasemos fuera el fin de semana.

Eso era lo que quería, un último fin de semana con Eloise antes de tener que hacer el papel de prometido de Carla Charteris hasta que pudiese solucionar la situación.

–¿Será solo un fin de semana? –le preguntó ella.

–Tal vez podrías quedarte allí unas semanas –sugirió Vito, intentando parecer despreocupado–. El hotel Viscari de Amalfi está en un acantilado con unas vistas fabulosas. Te gustará más que Roma, seguro.

De nuevo, vio un brillo de incertidumbre en los ojos azules y, sin saber cómo remediarlo, le dio un beso en la frente.

–Me reuniré contigo en cuanto pueda escaparme de Roma. Las cosas se han complicado y... estoy un poco estresado.

Eloise lo miraba con el ceño fruncido, como esperando una explicación, y se sintió incómodo, violento. Tendría que darle una explicación esa noche, cuando estuvieran a salvo en Amalfi. En ese momento, la única prioridad era acabar con las especulaciones de que Nic Falcone podría hacerse con las acciones de la cadena Viscari.

Vito miró su reloj.

–Eloise, haz el equipaje mientras yo hablo por teléfono, ¿de acuerdo?

Fue al estudio de la suite para llamar a su director financiero y asegurarle que los rumores que circulaban sobre Falcone no tenían fundamento. En cuanto a su compromiso, no diría una palabra por el momento. Habría tiempo para lidiar con eso cuando Eloise estuviese en Amalfi.

Era complicado y estresante, pero lo conseguiría. Y luego, por fin, cuando hubiese recuperado las acciones de su tío, cuando se hubiera despedido de Marlene y el espíritu de su padre estuviese en paz, podría concentrarse en Eloise.

Y descubrir lo que significaba para él.

Pero no era el momento de pensar en Eloise o en por qué no tenía intención de separarse de ella.

Tenía que hablar con su director financiero inmediatamente y se concentró en eso. Por el momento, solo por el momento, Eloise tendría que esperar.

Con desgana, Eloise abrió la maleta que había sacado del armario. Era desagradecido por su parte y lo sabía, pero no quería irse de allí. En esas semanas, su vida había sido un continuo viaje, un continuo hacer y deshacer maletas, yendo de un hotel a otro por toda Europa. Se sentía angustiada mientras guardaba sus cosas mecánicamente.

¿Qué había querido decir Vito cuando sugirió que podría querer quedarse en Amalfi?

«Ay, Vito, ¿es que no quieres estar conmigo?».

¿Qué había pasado? ¿Esa era su forma de decirle adiós? ¿De convertirla en una más de su legión de conquistas, como aquella mujer de Niza?

Sintió una punzada de dolor en el estómago. Pensar en decirle adiós, pensar que él rompiese de ese modo con ella estaba poniéndola frente al espejo de sus emociones.

«No quiero que rompa conmigo».

Eso era lo que pensaba, con el corazón encogido, mientras metía sus cosas en la maleta. Ese era el pensamiento que dominaba sus emociones. No sabía si estaba enamorada de Vito, no sabía si quería que fuese el hombre de su vida, pero sabía que no quería que rompiese con ella.

«No quiero que esto termine, no quiero».

Cerró la maleta con el corazón pesado y, en ese momento, oyó unos golpes en la puerta. Alguien estaba llamando de forma insistente. Eloise frunció el ceño, pensando que tal vez Vito había pedido algo al servicio de habitaciones.

Mientras se acercaba al recibidor oyó a Vito hablando en italiano en el estudio. Sonaba... diferente. Aunque no entendía lo que decía, su tono era severo, brusco, desprovisto de su natural y despreocupado encanto.

Pero seguían llamando de modo insistente y, por fin, Eloise abrió la puerta.

Una mujer entró en la suite. Era más o menos de su edad, atractiva, con los ojos de color violeta y un elegante vestido en tono cereza. Iba impecablemente maquillada y llevaba los rizos oscuros recogidos en un moño alto. Era una mujer guapísima, tuvo que reconocer.

Por un momento, solo por un momento, Eloise creyó detectar una expresión de dolor en su rostro, pero desapareció enseguida. La mujer miró hacia el dormitorio y vio la maleta sobre la cama.

–Ah, estupendo, ya estás haciendo la maleta.

Eloise parpadeó, extrañada por el comentario. Había hablado en su idioma, no en italiano, sin el menor acento.

–Vito y yo nos vamos a Amalfi.

–¿Qué? No, de eso nada.

La joven pasó al lado de Eloise, que estaba perpleja.

–Perdona, ¿quién eres? –le preguntó.

–¿Vito aún no te lo ha contado?

De nuevo, a Eloise le pareció ver un brillo de dolor en sus ojos, pero duró solo un segundo.

–¿Qué es lo que no me ha contado?

–Soy la prometida de Vito.

El mundo pareció hundirse bajo sus pies. Eloise miró a la desconocida, boquiabierta. No era capaz de respirar. Intentó hacerlo, pero empezaba a marearse porque no encontraba oxígeno. Dio un paso atrás, trastabilló y tuvo que agarrarse a la pared para mantener el equilibrio.

–¿Qué? Eso no puede ser.

Los ojos de la morena eran como puñales.

–Pero es verdad.

Su tono era desolado, pero Eloise estaba sorda a todo. Solo veía a la desconocida mirándola con esa expresión dolida que debía de ser un eco de su propia expresión.

La joven suspiró, haciendo una mueca.

–Mira, tienes que saberlo, Vito siempre sale con alguna rubia. Tú solo eres una más, así que no te creas especial. De todos modos, habría roto contigo tarde o temprano. Eso es lo que hacen todos los hombres –su voz pareció quebrarse ligeramente y en sus ojos vio un brillo de amargura–. Así que márchate mientras puedas porque Vito va a casarse conmigo. Tú no entenderías por qué y no tienes por qué hacerlo, pero no puedes quedarte. Alégrate de haberte librado de él. En realidad, estoy haciéndote un favor.

Esas palabras fueron como una bofetada. Aquello no podía ser cierto. Era imposible.

Oyó pasos y, cuando Vito salió al recibidor, Eloise se echó en sus brazos.

—Dime que no es verdad. Esta mujer dice que es tu prometida. Dime que no es verdad—. Vito la abrazó, mirando con expresión furiosa a la mujer que acababa de soltar esa bomba. Lo oyó decir algo en italiano que no pudo entender y la morena respondió en su idioma:

—Pero estoy aquí y parece que ha sido una suerte. No se te ocurra marcharte a Amalfi —le advirtió—. No voy a permitirlo, ¿me entiendes? ¡No voy a permitirlo! —insistió, al borde de la histeria.

—¡Basta ya, Carla! —le espetó Vito—. Ya está bien.

Eloise se agarró a él.

—Vito, por favor, dime que no es verdad. Dime que no vas a casarte con ella.

Lo miraba con unos ojos enormes y suplicantes, desconcertada y afligida.

—Díselo, Vito —lo animó Carla.

Él apretó los dientes. Eran dos fuerzas tirando de él en direcciones opuestas. El instinto le pedía que sacase a Carla de allí cuanto antes, que la mandase al infierno. Pero en su cabeza, como una sentencia, estaba la desesperada súplica de su padre...

«Recupera las acciones, hijo mío. Consigue esas acciones, no dejes que Marlene se las venda a otra empresa, te lo suplico. Te lo suplico con mi último aliento».

Miró la expresión angustiada de Eloise, oyó su tono angustiado:

«Dime que no es verdad. Dime que no vas a casarte con ella».

¿Qué podía decir? La situación era sencillamente imposible.

Tiempo, eso era lo que necesitaba. Si pudiese librarse de Carla para hablar con Eloise, para hacerla entender lo que estaba pasando y por qué.

Pero, histérica como estaba, solo había una forma de librarse de Carla. Porque si no lo hacía...

«Si niego el compromiso, si le digo a Carla que se marche, Marlene llamará a Falcone sin perder un minuto».

Y Falcone compraría las acciones y dividiría la cadena hotelera Viscari por la mitad. Destruiría lo que su familia había tardado cuatro generaciones en levantar.

«Habría traicionado a mi padre, a mi familia, habría perdido el legado que me fue encomendado. Mi madre se sentiría desolada».

Vito tomó aire. Tenía que ganar tiempo, hacer que Carla saliese de allí creyendo que había conseguido lo que quería. Tenía que sacarla de allí para poder hablar con Eloise y explicárselo todo.

Las palabras se formaron en su cabeza. Unas palabras que le costaba un mundo pronunciar, más de lo que nunca se hubiese podido imaginar.

Miró a Eloise, tragando saliva.

—Es cierto —dijo por fin, con una voz que no parecía la suya.

Eloise dejó escapar un gemido. Cuando se apartó de él, Vito intentó sujetarla.

—¡No! No me toques —le espetó ella, dando un paso atrás.

—Eloise, lo siento. No sabes cuánto lo siento.

Unas uñas de color rojo apretaron su muñeca como un grillete de acero.

–Hora de irse, Vito –anunció Carla, con un brillo desesperado en los ojos–. Tenemos que elegir un anillo de compromiso.

Vito no podía hacer nada, salvo mirar a Eloise.

–Tengo que hablar contigo –dijo con voz ronca–. Tengo que explicártelo todo. Es esencial que hablemos.

En sus palabras, en su expresión, en sus ojos, puso todo lo que quería que ella entendiese. Todo lo que tan desesperadamente quería que Carla no entendiese.

–Siento tanto que esto haya ocurrido así. Quería hablar contigo, explicártelo...

–¡Vito! –exclamó Carla, clavándole las uñas en la muñeca.

Vito se soltó y dio un paso hacia Eloise, pero ella se apartó. No podía soportar que lo mirase de ese modo, con horror, con rechazo.

Eloise, que era siempre tan acogedora, tan ardiente, tan feliz de estar con él.

Pero en ese momento solo veía rechazo en sus ojos.

Tomó su mano y no permitió que se apartase hasta que hubiera dicho lo que debía decir. Incluso delante de Carla.

–Te quiero en mi vida, Eloise. Te deseo y encontraré la forma de que estemos juntos. No sé cómo, pero encontraré la forma de hacerlo.

Pero no había comprensión en los ojos azules. Solo un brillo de sorpresa y horror.

–No, de eso nada –intervino Carla–. No vas a mantenerla como amante. No me harás quedar en ridículo. Ningún hombre volverá a hacerme quedar en ridículo. Y tampoco vas a hacerle eso a ella.

Vito no le hizo caso, concentrado solo en Eloise, que estaba pálida, temblando.

Dio, tenía que explicárselo todo cuanto antes, pero no podía hacerlo en ese momento. No podía hacer nada salvo decir de nuevo:

—Espérame. Espérame aquí para que pueda explicártelo todo.

Después de eso tiró de Carla para salir de la suite.

Eloise oyó esas palabras como si llegasen desde muy lejos. La brecha que se había abierto entre ellos era insalvable, como si un terremoto hubiera sacudido el mundo desde sus cimientos.

Tapándose la cara con las manos, intentó contener un sollozo que llenaba todo su ser, pero entonces experimentó una repentina oleada de náuseas y se dio la vuelta para correr al baño.

Se quedó temblando sobre el inodoro, con la angustia y la sorpresa acelerando su corazón.

«¿Qué voy a hacer? Dios mío, ¿qué voy a hacer?».

No podía quedarse allí, era imposible, pensó, recordando las palabras de Vito.

«Tengo que explicártelo».

¿Qué había que explicar? Esa mujer había dicho la devastadora verdad: era su prometida y Vito no lo había negado. De hecho, lo había admitido.

Un sollozo estuvo a punto de ahogarla.

«Y yo preguntándome si sería el hombre de mi vida... el amor de mi vida, mi marido».

Unas lágrimas ardientes rodaron por su rostro. «Qué tonta he sido».

Recordó entonces lo que le había dicho Carla: «No te creas especial».

Eloise cerró los ojos, con el corazón en un puño. Eso era precisamente lo que había pensado, lo que había soñado.

Pero solo había sido una rubia más, llenando un hueco hasta que contrajese matrimonio con Carla.

No, era peor que eso.

«No vas a mantenerla como amante».

Eloise se miró al espejo, con el rostro deshecho en lágrimas.

«No puedo quedarme aquí».

Vito había dicho que volvería para darle una explicación, pero no estaba dispuesta a esperarlo. Vito no se reiría de ella. Ya no. Ni un momento más.

Lentamente, se dio la vuelta para entrar en el dormitorio. Al menos ya había hecho la maleta, pensó, conteniendo un nuevo sollozo.

Aturdida, tomó la maleta y su bolso y salió de la suite, del hotel, de la vida de Vito. Una vida de la que ya no podía formar parte por mucho que lo hubiera deseado.

Subió al taxi que el portero del hotel había parado para ella y solo le dijo dos palabras al taxista:

—Al aeropuerto.

Vito tenía un nudo en la garganta mientras enviaba un nuevo mensaje. Estaba en medio de un atasco y Eloise no respondía a sus llamadas. Había estado llamándola desde que por fin llevó a Carla a casa de la arpía de su madre, con un enorme anillo de diamantes en el dedo, su brillo parecía un eco del fulgor enloquecido de los ojos de su supuesta prometida.

Podía lucir el diamante todo lo que quisiera. Lucirlo

delante del hombre que se había negado a casarse con ella, lucirlo en desafío y amarga furia hasta que por fin aceptase lo ridículo de su comportamiento y se negase a ser un peón en los planes de su madre.

Lo único que él quería, lo que deseaba con toda su alma, era recuperar a Eloise. Explicarle la trampa que le habían tendido y lo desesperadamente que necesitaba tiempo para liberarse y concentrarse en lo único que le importaba: Eloise.

Estar con ella, vivir con ella, tenerla a su lado. Allí, en Roma, intentando descubrir qué eran el uno para el otro.

«Tengo que solucionar esto. No puedo poner en peligro lo que hay entre nosotros. Ella es demasiado importante para mí».

Entonces se dio cuenta de la verdad que había en esas palabras. Lo había sabido en el momento que Eloise se apartó de él, un gesto que aún seguía sintiendo como una puñalada en las entrañas.

«Cuando se lo explique todo, lo entenderá. Sé que lo entenderá. Eloise siempre ha sido tan comprensiva...».

Pero antes tenía que llegar a ella. Tenía que convencerla para que lo esperase. Volvió a enviarle un mensaje, diciendo que llegaría en cuanto le fuera posible, suplicándole que esperase un poco más.

Pero, cuando llegó al hotel, el portero le dio la peor noticia posible.

El vuelo transatlántico era interminable; tan interminable como el ruido sordo de los motores, tan interminable como la amargura que llenaba el corazón de Eloise. Una y otra vez, como un horrible vídeo, veía la escena de pesadilla con la prometida de Vito; la escena que le había mostrado la horrible verdad sobre el hombre en el que había confiado de forma tan temeraria. El hombre que la había hecho perder la cabeza, embriagando sus sentidos, cegándola por completo.

Toda esa pasión, esa devoción... no había sido nada, nada en absoluto.

Porque durante todo ese tiempo, Vito sabía que en Roma lo esperaba la mujer con la que estaba comprometido, la mujer que sería su esposa.

«Ahora entiendo que no me llevase a su apartamento. Y por eso no quiso llevarme a casa de su tío anoche, porque su prometida estaba allí».

Su intención no era que se quedase en Roma, quería enviarla a Amalfi.

«Pensaba esconderme en su nidito de amor para hacerme sórdidas visitas a espaldas de su prometida».

Las náuseas aparecieron de nuevo, mezclándose con el dolor de haber sido traicionada. Atormentada, cerró los ojos, dejando que las lágrimas rodasen por su rostro. Le dolía tanto...

Los recuerdos se mezclaban en su cabeza; recuerdos de los primeros momentos, cuando levantó la mirada en el aeropuerto y vio a Vito con una sonrisa en los labios. Se había quedado cautivada desde ese instante, desde esa primera mirada de sus preciosos ojos oscuros.

Los recuerdos la bombardeaban: la emoción, el temblor de deseo, la primera noche, cuando la hizo volar, llevándola a un sitio tan maravilloso. Nunca había soñado siquiera que su cuerpo pudiese llevarla allí. Y después, día tras día, noche tras noche. Vito, siempre Vito.

Tuvo que contener un sollozo. Todo eso había terminado y la verdad era tan horrible, tan insoportable... Pero tenía que soportarlo, no había otra opción. Ninguna más que volver a casa, rota y dolida, amargada por las mentiras de Vito.

«No tenía derecho a engañarme. Ningún derecho a mantener una aventura conmigo y hacerme creer...».

No tenía derecho a dejar que se hiciera ilusiones, a hacerla pensar que esa pasión se convertiría tarde o temprano en una emoción que los uniría para siempre.

Cuando durante todo ese tiempo Vito había estado planeando una vida completamente distinta, una vida con otra mujer.

Su prometida, que había aparecido en la suite, destrozando sus estúpidas ilusiones. Pisoteando unos sueños que ella anhelaba se hiciesen realidad.

Eloise apretó los puños y cerró los ojos.

Y el vuelo seguía, interminable.

Cuando después de lo que le pareció una eternidad por fin el avión aterrizó en el aeropuerto Kennedy de Nueva York, supo que solo había una cosa que hacer. Borró todos sus mensajes sin leerlos siquiera y en una simple frase le dijo todo lo que tenía que decirle:

Eres el hombre más despreciable que he conocido nunca. Aléjate de mí para siempre. Eloise.

Capítulo 5

SEGUÍA siendo por la tarde en Nueva York, a pesar de las interminables horas de vuelo desde que salió de Roma. Pero la mente de Eloise estaba en una extraña y dislocada tierra de nadie mientras miraba por la ventanilla del taxi que la llevaba a Manhattan.

Se alojaría durante unos días en el apartamento de su madre, con quien había hablado brevemente por teléfono. El conserje le dio la llave y, mientras subía en el ascensor, experimentó una nueva oleada de náuseas. Sentía un profundo cansancio, pero era algo más que físico, mucho más que el *jet lag*. Necesitaba dormir, perderse en el sueño para olvidar su corazón roto.

Una vez en el apartamento, entró en el cuarto de invitados y dejó la maleta en el suelo. Le dolían los ojos y apenas pudo quitarse los zapatos antes de caer en la cama, rendida.

Un minuto después se quedó dormida.

Debió de dormir durante horas porque era por la mañana cuando se despertó. Abrió los ojos, parpadeando rápidamente, y vio una taza de café sobre la mesilla.

Apartándose el largo pelo de la cara, miró a la persona que la había puesto allí y que la miraba a su vez con expresión interrogante.

—Hola, mamá —murmuró.

—A ver si entiendo esto. Has dejado que un mimado playboy italiano te llevase por toda Europa, te fuiste con él sin pensártelo dos veces. Te metiste en su cama y resulta que no solo tenía una prometida esperándolo en Roma, sino que pensaba mantenerte como su amante. ¿Cómo has podido dejarte engañar por un hombre como ese?

Eloise cerró los ojos.

—No lo sé —susurró. Pero sí lo sabía, sabía perfectamente lo que había pasado y por qué había pasado—. Parecía un hombre maravilloso —dijo con la voz quebrada.

Su madre resopló.

—Sí, bueno, las mujeres hacen el ridículo por los hombres todos los días. Yo lo sé muy bien porque hice el idiota con tu padre. En fin, puedes quedarte aquí el tiempo que quieras, pero no pierdas un solo día llorando por ese canalla. Has hecho bien en librarte de él —le dijo—. Es mejor que vuelvas a trabajar cuanto antes. Preguntaré por ahí por si alguien necesita una niñera, así te olvidarás de él. Lo olvidarás —repitió, con una traza de simpatía al ver su expresión angustiada—. Y has salido de esta situación a tiempo, al contrario que yo. En este caso no habrá repercusiones, gracias a Dios —añadió, mirando su reloj—. Tengo que irme. Llego tarde a trabajar.

Después de darle un ligero beso en la mejilla salió

de la habitación, dejando a Eloise con una expresión desolada.

No habría repercusiones, había dicho su madre. Pero estaba equivocada, totalmente equivocada.

En los ojos de Vito había un brillo de desolación desde que leyó el mensaje de Eloise. Las palabras habían quedado grabadas en su cerebro como con un cincel.

Eres el hombre más despreciable que he conocido nunca. Aléjate de mí para siempre. Eloise.

Pero no había respetado su deseo y siguió bombardeándola con mensajes y llamadas. Con tal desesperación la anhelaba. Tenía que encontrarla, hablar con ella, explicárselo todo...

Pero no la había encontrado. Había corrido al aeropuerto, pero no estaba por ningún sitio. Seguramente habría vuelto a Inglaterra y, consternado, se dio cuenta de que no sabía dónde vivía. Trabajaba como niñera y no tenía casa propia, de modo que podría estar en cualquier sitio.

Había contratado a un investigador privado, pero no encontró ninguna pista. Y sus llamadas y mensajes habían sido bloqueados.

«No quiere que la encuentre. No quiere saber nada de mí».

Y con cada día que pasaba, eso era algo que tenía que aceptar.

Eloise se había ido.

Su ausencia era un vasto y desolado vacío y la sensación de pérdida respondía amargamente a la pregunta que se había hecho desde que apareció en su vida.

«Quería saber si era especial para mí, si significaba algo más que cualquier otra mujer».

Vito hizo una mueca. Pues ya sabía la respuesta: Eloise significaba mucho más que cualquier otra mujer. Lo que sentía por ella era algo completamente diferente. Lo sabía por aquel anhelo constante, por su necesidad de verla, de tenerla a su lado, de abrazarla.

Saber la respuesta a esa pregunta era una cruel ironía en ese momento. Tan cruel como el dolor que sentía.

«Le supliqué que se quedase, que me dejase explicarle por qué dije lo que dije delante de Carla. Si me hubiese dado una oportunidad para hablarle de Marlene, de las acciones, de la promesa que le hice a mi padre, de Carla y su repentina obsesión por casarse a toda prisa».

Pero Eloise no había querido esperarlo, lo había rechazado.

«Pensé que sería tan comprensiva como lo había sido siempre, que se quedaría a mi lado».

Pero a su lado solo estaba la maligna sombra de Carla. Su obsesión por casarse con él no había disminuido, podía verlo en su expresión, en la frialdad de sus ojos.

No había sido capaz de localizar a Eloise y una especie de resignado fatalismo se apoderó de él. Si no podía encontrarla, ¿por qué esperar para cumplir la promesa que le había hecho a su padre? Debía salvar la ca-

dena Viscari, proteger el legado que había nacido para
salvaguardar.

De modo que, con sombría decisión, aceptó casarse
con Carla y dejar que anunciase ante el mundo que no
había sido rechazada por su aristocrático amante, sino
que iba a casarse con el miembro de una conocida di-
nastía empresarial para satisfacer la obsesión de su madre. Pero le dejó bien claro que seis meses más tarde el
matrimonio sería anulado. Carla podría dar las razones
que quisiera, le daba igual. Cuando se separasen, él
conseguiría las acciones de Guido y, a cambio, le pagaría el valor que tuviesen en el mercado.

Y entonces todo habría terminado, pensó con depri-
mente indiferencia; una indiferencia de la que ya no
podía librarse.

—Hora de colocar tus juguetes, Johnny.

El tono de Eloise era tan alegre como frágil.

Johnny, el niño de cuatro años al que cuidaba, era
simpático y encantador. Nada caprichoso, a pesar del
dinero de sus padres. Y su tarea consistía en que siguiera
siendo así. Se alegraba de haber encontrado un trabajo
tan rápidamente, gracias a los contactos de su madre, y
se había mudado de inmediato a la mansión de los
Carldon en Long Island.

Los padres de Johnny trabajaban en Wall Street, en
la empresa bancaria de su familia, aunque su madre,
Laura, pensaba trabajar solo media jornada desde casa
cuando tuviera un segundo hijo. Hasta entonces, Johnny
necesitaba una niñera.

John y Laura solían dormir en su apartamento de

Manhattan de lunes a viernes para poder pasar largos fines de semana en Long Island con su hijo, de modo que aparte del ama de llaves, Maria, y el chófer, Giuseppe, Eloise estaba sola con el niño en la enorme mansión.

Había sido una sorpresa descubrir que Maria y Giuseppe hablaban en italiano entre ellos, pero apretó los dientes y lo soportó.

Como soportaba su entera existencia.

Sentía una desolación, una angustia de la que no podía librarse. Según su madre había hecho bien en librarse de él, pero esa opinión hacía el mundo aún más sombrío. Sabía que estaba en lo cierto, pero sus palabras le habían dolido tanto como los recuerdos de lo feliz que había sido con Vito, de la esperanza y la ilusión que había sentido.

Podía decirse a sí misma que había intentado ser juiciosa, que se había advertido a sí misma que podría no ser nada más que un romance de verano, un sueño embriagador.

Pero no lo había sido. En realidad, no había sido un romance, sino una sórdida aventura clandestina con un hombre que estaba prometido con otra mujer.

«Quería saber lo que sentía por él. Saber si iba a ser el hombre con el que pasaría el resto de mi vida, pero descubrí la verdad demasiado tarde».

Había sido tan cruel descubrir la verdad cuando ya había empezado a hacerse ilusiones... Y ahora, a seis mil kilómetros de él, esas ilusiones seguían persiguiéndola.

Estaba desesperada y se despertaba cada mañana con una desagradable sensación en el estómago. Pero tenía que olvidar a Vito. ¿Para qué seguir recordándolo? Su madre tenía razón. Tenía que olvidarlo, dejarlo atrás de una vez por todas. Dejar de sentirse angustiada por lo que había pasado.

No había elección más que olvidarlo y matar cualquier sentimiento por él. Daba igual lo que esos sentimientos hubieran sido o lo que podrían haber sido más adelante.

Ahora, y durante el resto de su vida, solo una cosa importaba. Solo había una alegría en el horizonte, un solo significado para su vida. Solo una forma de curar su roto corazón y una salida al amor que guardaba en su interior.

Levantó la barbilla, luchando contra la tristeza que la embargaba. Su futuro iba a cambiar para siempre y era en eso en lo que debía concentrarse.

Eloise experimentó entonces una fiera y protectora emoción. Su relación con Vito había sido un desastre, pero de ella había salido una bendición inesperada que sería la razón de su vida a partir de ese momento.

La única razón.

De nuevo, experimentó una oleada de náuseas...

Vito estaba inmóvil, tenso frente al altar de la catedral de Santa Maria del Fiore. Su barroco esplendor era al gusto de la novia, desesperada por demostrarle al mundo que no era una mujer descartada y despreciada, sino una envidiable novia a punto de casarse con uno de los solteros más cotizados de Europa.

Lo único que Vito debía hacer era soportarlo todo para mantener la promesa que le había hecho a su di-

funto padre, recuperar las acciones de su tío y salvaguardar el legado de los Viscari.

A cualquier precio.

En su mente apareció un recuerdo: Eloise, abriendo
los brazos para él, su aroma, la fragancia de su pelo, la
suavidad de su piel, el brillo de sus ojos, la curva de sus
labios...

Pero Eloise había desaparecido de su vida. Lo que
hubo entre ellos había terminado y nunca sabría en
qué podría haberse convertido.

¿De qué servía recordarla cuando estaba a punto de
casarse con otra mujer? Una mujer a la que no quería,
a la que no deseaba, pero que era el medio de salvaguardar lo que su familia había construido durante un
siglo.

La música del órgano iba subiendo de volumen y
oyó los murmullos de los congregados mientras se ponían en pie. En unos minutos, se habría casado con
Carla.

Los pensamientos se mezclaban en su cabeza mientras esperaba, rígido e inmóvil, como encadenado por
fuerzas a las que no podía desafiar.

«¿Esto es lo que quieres que haga, papá? ¿Es así
como quieres que recupere las acciones de tu hermano?
¿Este es el precio que debo pagar por ellas?».

Todos los músculos de su cuerpo estaban tensos,
como forzándolo a permanecer inmóvil. Carla llegó a
su lado, con los pliegues del vestido de alta costura rozando su pierna, tan rígida como él, ahogándolo con la
empalagosa fragancia de su perfume.

No la miró, pero sabía que también ella estaba tensa.
Carla actuaba empujada por sus propios demonios y

estaba dispuesta a arrastrarlo con ella. Y, por eso, la maldijo.

El sacerdote dio comienzo a la ceremonia y Vito sintió un escalofrío cuando pronunció las palabras que más temía:

–¿Tomas a esta mujer en matrimonio?

Giró la cabeza ligeramente para mirar a Carla. Tenía que hacer aquello. Había llegado hasta allí para cumplir la promesa que le había hecho a su padre. ¿Qué otra cosa podía hacer?

Se quedó en silencio durante unos interminables segundos, con la pregunta dando vueltas en su cabeza. ¿Qué debía hacer? ¿Qué podía hacer? Y luego tomó aire antes de responder.

Todo pareció ocurrir a cámara lenta. Vio que el sacerdote se inclinaba hacia él, como si no hubiera oído bien la respuesta. Oyó susurros a su espalda, como un zumbido de insectos. Y, a su lado, notó que Carla contenía el aliento.

Cuando giró la cabeza, ella lo miraba a través del velo con la expresión de un *alien* en una película de ciencia ficción.

–No quiero hacer esto, Carla –dijo en voz baja, audible solo para ella–. No quiero hacerlo por mí, pero tampoco quiero hacértelo a ti. Esto es absurdo, una abominación. Este no es un matrimonio de verdad. Tú te mereces algo mejor y yo también.

«Y también Eloise. Ella no se merecía lo que le he hecho».

Carla, tan blanca como el vestido, parecía a punto de caer al suelo. De inmediato, Vito la tomó por la cintura. El sacerdote dio un paso adelante y la madre de Carla corrió a su lado, consternada, para acompañarla a la rectoría. Su propia madre corrió tras ellos, angustiada.

Mientras ayudaban a Carla a sentarse en una silla, Vito se volvió hacia Marlene.

–No voy a hacerlo –anunció, con tono calmado, pero firme–. Puedes contarle a todo el mundo que tu hija no quiso casarse conmigo o que está enferma... inventa lo que quieras para protegerla, pero no voy a tomar parte en tus maquinaciones. Te pagaré el doble de lo que valen las acciones de Guido, esa es mi oferta, pero no voy a dejar que me chantajees. Haz lo que quieras, me da igual.

A su espalda oyó un grito de angustia. Era su madre y se volvió hacia ella para llevarla aparte. Aquello no tenía nada que ver con Marlene o con su hija. Aquello era entre su madre y él.

Y su padre.

Se sentía empujado por sus valores; unos valores que hacían que la vida mereciese la pena y que lo habían guiado desde siempre para convertirlo en un hombre honorable.

–Mamá –empezó a decir, con tono decidido–, el día de tu boda prometiste amar y honrar a mi padre... yo también quiero honrarlo, por eso no puedo atarme a la promesa que le hice. Casarme con Carla sería una deshonra. No hay ninguna razón que justifique este matrimonio, ni para ella ni para mí.

–Pero, hijo...

Vito tomó aire.

–Siento mucho no haber tenido valor para decir esto hasta ahora. He intentado por todos los medios mantener mi palabra porque se lo prometí a papá, pero no a este precio –le explicó, mirando su dolida expresión–. Casarme con Carla sería un deshonor, una falta de respeto a todos los valores que papá y tú me inculcasteis. Honestidad, integridad... no puedo hacerlo porque me avergonzaría para siempre. Avergonzaría a mi padre y a ti también –agregó, pasándole un brazo por los hombros–. Es hora de irse a casa, mamá. Tengo que hacer algo importante. Tengo que encontrar a una persona.

Tenía que encontrar a Eloise.

«Y descubrir lo que significa para mí de una vez por todas».

Capítulo 6

QUÉ TIENES que decirle a Ellie? –preguntó la madre de Johnny.

–¡Gracias! –exclamó el niño, mirando la tapa de la caja del rompecabezas, con el dibujo de un precioso dinosaurio.

Eloise lo había comprado en Manhattan durante su día libre.

Mientras Johnny se entretenía colocando las piezas de madera sobre la mesa, Laura se volvió hacia ella.

–Bueno, ¿qué tal ha ido? –le preguntó, con expresión comprensiva.

–Bien –respondió Eloise–. Ningún problema por el momento.

–Genial. ¿Cuándo tienes la próxima cita?

–El mes que viene, a menos que ocurra algo.

–Esperemos que no –dijo Laura, apretándole la mano–. ¿Por qué no vas a tumbarte un rato? Tómate la tarde libre. Johnny y yo haremos el rompecabezas y John ha prometido llegar a casa a la hora del baño.

–¡Bien! –exclamó el niño–. Me gusta bañarme con papá porque me deja chapotear.

–¿No me digas? –Laura y Eloise intercambiaron una mirada de complicidad–. Bueno, primero tenemos que reunir las piezas del rompecabezas, especialmente las esquinas. ¿Cómo podemos encontrarlas?

Eloise los dejó jugando en el salón antes de subir a su habitación, intentando disimular la angustia que sentía. Johnny era un niño feliz y sus padres eran cariñosos, unidos por un gran amor y dedicados por completo a su hijo.

La clase de familia que ella anhelaba, la clase de familia que una vez había soñado formar con Vito.

«No pienses en él. No recuerdes esas ingenuas esperanzas ni tus tontos sueños».

Se había dicho a sí misma muchas veces que ese romance era como el champán. Se había advertido que podría despertarse una mañana y descubrir que había perdido las burbujas y el sabor. Y así había sido, pero el sabor de la traición no era rancio, sino amargo.

Una amargura con la que tendría que lidiar durante el resto de su vida.

Al menos tenía el apoyo de su madre. Aunque esa era una ironía aún más amarga.

«No será fácil, Eloise, pero ¿quién ha dicho que ser mujer fuese fácil? No lo es cuando un hombre egoísta te ha destrozado la vida».

No, no sería fácil, pero tenía que hacerlo.

Mientras cerraba tras ella la puerta de la habitación oyó la risa de Johnny y Laura y se le encogió el corazón.

Un niño feliz, con una familia que lo adoraba, unos padres cariñosos, un matrimonio feliz.

«Yo nunca tendré eso, ya no».

La tristeza la embargaba, ensombreciendo sus ojos azules. Durante toda su vida había soñado con formar una familia feliz, pero eso ya no estaba a su alcance.

Vito se dejó caer sobre el sillón tras su escritorio, sintiéndose profundamente desolado después de la desastrosa reunión con el consejo de administración.

La viuda de su tío había cumplido su amenaza y había vendido las acciones a Nic Falcone el mismo día que Vito dejó plantada a Carla en la catedral.

Y Nic Falcone, su mayor rival, había exigido su parte de la cartera de acciones de la cadena Viscari, como correspondía al nuevo copropietario.

La discusión había sido... difícil. Desalentado, como el resto de los consejeros, Vito había intentado tantas tácticas como le había sido posible y, por fin, habían redactado un memorándum de acuerdo. Pero la pérdida de los hoteles que Falcone se había llevado con él era como una puñalada en el corazón.

Estaba sombrío, serio. Solo una cosa podía aliviar tal pérdida.

Encontrar a Eloise.

«No voy a renunciar a ella, no puedo hacerlo».

Tenía que encontrarla y descubrir si podía salvar algo de aquel terrible desastre, algo por lo que mereciese la pena luchar.

Esas largas y tristes semanas sin ella le habían demostrado lo que había perdido y había renovado los esfuerzos para descubrir su paradero, pero el investigador seguía sin encontrar su pista. Solo quedaba una posibilidad, una locura quizá, seguramente un absurdo. ¿Podría funcionar?

El sonido del teléfono hizo que saliera de su estupor. Dejó que saltase el contestador, pero cuando escuchó la voz del investigador se apresuró a levantar el auricular.

Después de cortar la comunicación, llamó a su ayudante.

—Resérvame un vuelo para esta misma noche –le dijo.

En sus ojos había un brillo que había desaparecido durante esas largas semanas.

Un brillo de esperanza.

—¡Ven a ver esto, Ellie!

Cuando Eloise entró en la habitación, el niño miraba la entrada de la casa desde la ventana. El deportivo de color rojo que subía por el camino hizo que diera un respingo.

Vito tenía un coche como ese.

De inmediato, un recuerdo la asaltó. Vito conduciendo por la *autostrada*, tan imposiblemente guapo con sus gafas de sol, las manos apoyadas en el volante, deleitándose con el rugido del poderoso motor...

Hizo un esfuerzo para apartar de sí ese recuerdo. Vito estaba a miles de kilómetros de allí y tenía que seguir adelante sin él. ¿De qué servía recordar el tiempo que pasaron juntos?

Pero cuando el conductor salió del deportivo un gemido de incredulidad escapó de su garganta.

Era Vito.

Vito allí, en Long Island, en la puerta de la casa.

Eloise no sabía si estaba soñando.

Johnny corrió a la puerta de la habitación.

–¡Quiero bajar para ver el coche! –gritó–. ¡Venga, corre, Eloise! –insistió, tirando de ella hacia el pasillo.

Eloise estaba inmóvil. No podía pensar, no podía entender lo que estaba pasando.

Solo una frase existía en su cabeza.

«Es Vito, es Vito».

Pero no podía ser, era imposible. Vito estaba en Roma, con su mujer. No podía ser él. ¿Cómo podía haberla encontrado? ¿Y por qué?

Su corazón se había vuelto loco y era incapaz de ordenar sus pensamientos. Conflictivas emociones daban vueltas locamente dentro de ella, como piedras en una lavadora.

Impaciente, Johnny soltó su mano y salió corriendo de la habitación. Eloise fue tras él, pero se detuvo al pie de la escalera.

Vito estaba en el vestíbulo, hablando con Giuseppe en italiano. Lo vio girar la cabeza hacia la escalera y se le hizo un nudo en la garganta.

–¡Eloise!

Se había quitado las gafas de sol y estaba mirándola, comiéndosela con los ojos como había hecho tantas veces cuando estaban juntos en Europa.

–Eloise –dijo de nuevo, su voz sonó como un suspiro.

Mientras ella bajaba detrás de Johnny, Maria apareció en el vestíbulo y saludó a Vito en italiano. Él replicó con tono agradable, dándole las gracias.

¿Las gracias por qué?

Johnny, impaciente, empezó a tirar de la pernera de su pantalón.

–¡Quiero ver tu coche!

Vito se puso en cuclillas para hablar con el niño y, al verlo sonreír, a Eloise le dio un vuelco el corazón.

«También a mí me sonreía de ese modo».

No, no debía pensar eso, no debía recordar.

–¿Te gustan los deportivos? –le preguntó.

–¡Mucho! –gritó Johnny, tirando de su mano–. Venga, vamos.

–Dentro de un momento, ¿de acuerdo? –respondió él, revolviéndole el pelo al niño.

Y, de nuevo, Eloise sintió esa oleada de emoción. Pero en esa ocasión no era un recuerdo.

«No, no pienses en eso tampoco. No debes hacerlo».

Nunca había visto a Vito con niños, pero se portaba como si fuese lo más natural del mundo para él.

Entonces Giuseppe dio un paso adelante.

–¿Por qué no te lo enseño yo? –sugirió. Y Johnny tomó su mano encantado.

Maria abrió la puerta de la biblioteca, haciéndole un gesto a Vito... y luego a Eloise. Pero ella no podía moverse. La expresión de Vito la tenía clavada al suelo. La sonrisa había desaparecido y su tensión era evidente.

–Tengo que hablar contigo –dijo por fin.

Su voz era ronca, vibrante, y en su tono había la misma urgencia que el día que esa otra mujer entró en la suite de Roma, destrozándolo todo a su paso, pisoteando lo que había entre ellos... fuese lo que fuese.

Mirando a Maria, que seguía esperando en la puerta de la biblioteca, Eloise entró en la espaciosa habitación y Vito entró tras ella.

–¿Cómo me has encontrado? –le preguntó–. ¡Es imposible!

–Tú lo has hecho casi imposible, desde luego. Y sé por qué, Eloise. Entiendo por qué lo hiciste.

Daba igual cómo la hubiese encontrado y por qué razón, ya no podía haber nada entre ellos. Daba igual que no pudiese contener la emoción, daba igual que se lo comiera con los ojos o que estuviera a punto de desmayarse porque todo aquello era imposible.

Él estaba hablando de nuevo mientras se sacaba algo del bolsillo de la chaqueta, un trozo de papel que parecía la página de una revista.

–Así es como te he encontrado. Maria vio esta fotografía y se puso en contacto conmigo.

Le ofreció la página, pero Eloise no se movió. No quería saber nada. Solo debía sentir una emoción: furia, solo eso.

–Da igual cómo me hayas encontrado, has perdido el tiempo. Si has venido para decirme que quieres que vuelva contigo como tu amante, olvídalo. Vuelve con tu mujer, Vito. Vuelve con ella porque entonces no quise saberlo y ahora tampoco quiero saber nada. Nunca querré saber nada de ti.

–Por favor, mira esto –insistió él, dejando la página sobre una mesa.

Por fin, Eloise miró la fotografía. Estaban los dos juntos, ella con un vestido de noche. Debían de haberla tomado en una de las muchas fiestas a las que habían acudido mientras recorrían Europa, cuando lo seguía como un caniche confiado.

Pero también había otra fotografía solo de Vito, mirando directamente a la cámara. Y debajo, un titular en italiano. No leyó el titular, pero ella conocía ese tipo de revistas, centradas en los famosos y en miembros de la alta sociedad.

–Dice: «Ayúdame a encontrar a mi maravillosa Eloise» –le explicó Vito–. Tenía que encontrarte. Debía hacerlo porque tengo algo que decirte... y algo que suplicarte.

Solo había un metro entre los dos y su proximidad era insoportable. Vito ya no estaba a su alcance, separado de ella por su compromiso, por su traición.

–No quiero saberlo. No quiero escuchar nada –protestó, sacudiendo la cabeza.

Emociones contradictorias luchaban dentro de ella, la abrumadora emoción al verlo sofocada por la furia y la desilusión.

–No pienso volver contigo –consiguió decir–. Te dije que eras despreciable...

–Sí, lo sé. Me porté de un modo despreciable contigo, pero no era mi intención. Estaba atrapado.

Eloise dejó escapar una risa amarga.

–Sí, eso es lo que dicen muchos hombres casados. ¿Vas a decirme que tu mujer no te entiende?

El tono de burla alimentaba su ira; una ira que debía mantener como fuera. Porque, si no estaba furiosa con Vito, entonces...

«No, no puedo sentir nada por él. No puedo».

Los pómulos de Vito eran como mármol tallado, sus labios una fina línea, los hombros rígidos.

–No estoy casado –dijo entonces–. La boda no tuvo lugar.

Eloise dejó de respirar por un momento.

–¿Qué?

–Por eso estoy aquí, para decírtelo.

Ella tragó saliva. Por un momento, solo por un momento, se dejó llevar por la emoción, por un anhelo tan intenso que la quemaba por dentro. El anhelo de agarrarse a su sueño después de lo que acababa de escuchar.

«No se ha casado, no tiene una esposa. Entonces, ¿tal vez podríamos...?».

Pero la esperanza se extinguió de inmediato. ¿Qué más daba después de lo que le había hecho?

–¿Esperas que me eche en tus brazos? –le espetó–. ¿Que te perdone por lo que me hiciste? ¿Eso es lo que esperabas?

Vito sacudió la cabeza.

–No esperaba nada –respondió, dejando escapar el aliento–. He venido para explicarte por qué hice lo que hice. Solo te pido que me escuches. Te negaste a hacerlo en Roma, pero ahora... te lo pido como un último favor.

Eloise levantó la barbilla.

–¿Piensas inventar excusas para tu comportamiento? –le espetó con una frialdad que no se molestó en disimular.

Vito negó con la cabeza.

–No son excusas, son razones. Razones que no pude explicarte en Roma, pero que quiero que sepas ahora –respondió, tomando aire–. Acepté casarme con Carla porque eso me permitiría obtener las acciones de la cadena Viscari que mi tío Guido le dejó a su madre, Marlene. Esa era la razón, la única razón.

Eloise lo miró, airada.

–Me cambiaste por un puñado de acciones –le recriminó con tono amargo.

«Ese era el valor que tenía para él. Menos que un puñado de acciones de su preciosa cadena hotelera. Y por eso aceptó casarse con otra mujer».

–Me cambiaste por un puñado de acciones –repitió–. ¿Aceptaste casarte con otra mujer por eso?

–Me temo que así es –asintió él.

–¿Cómo pudiste, Vito? ¿Cómo pudiste caer tan bajo? Con todo el dinero que tienes, aún querías más y estabas dispuesto a casarte para conseguirlo, poniéndome en ridículo, llevándome a Roma sin contarme nada sobre tu prometida. ¿Y pensabas que venir aquí para decirme eso haría que cambiase de opinión sobre ti?

Había burla en su tono, sarcasmo, rabia. Tenía que ponerlo todo ahí porque solo eso podía matar la esperanza.

Él se movió, inquieto, con un aire de retirada, como si se hubiera encerrado dentro de sí mismo. Tomó la página de la revista y la dobló de forma mecánica antes de guardársela en el bolsillo.

–He dicho lo que había venido a decirte, Eloise. Te he buscado para explicarte por qué hice lo que hice. Pero hay otra razón –murmuró después con voz pesada–. Te he buscado porque necesitaba saber qué éramos el uno para el otro. Para descubrir si... si entre nosotros podría haber habido algo más que un romance de verano. Cuando llegamos a Roma solo quería estar contigo, pero...

–Pero tu matrimonio se interpuso en esos planes, así que quisiste convertirme en tu amante, ¿no? Llevarme a un sitio escondido, un nidito de amor en Amalfi.

Vito hizo un gesto con la mano.

–¡No! No era esa mi intención. Yo solo quería...

–Tú querías las acciones, ya me lo has dicho.

El tono de Eloise era duro, áspero, su expresión severa. No podía soportar aquel encuentro, no podía soportar hablar con Vito, que la había cambiado por unas acciones...

«Pero podrías recuperarlo. Podrías tenerlo ahora mismo. Solo tienes que decir que lo deseas, que lo necesitas en tu vida. Y que no solo eres tú quien lo necesita».

La tentación era poderosa, abrumadora.

«Podría hacer realidad mi sueño. Podría tener a Vito en mi vida, en mi futuro. Podríamos formar una familia».

Pero era imposible. Él no era un hombre cuyos valores pudiese entender. No era un hombre al que pudiese admirar y menos...

Intentó llevar oxígeno a sus pulmones, recordando que el futuro era suyo y solo suyo, sin nadie con quien compartirlo.

–Mira, olvídalo –dijo, intentando mostrarse indiferente–. Tú decidiste que esas acciones eran más importantes que yo. Pues muy bien, puede seguir siendo así.

Luego dio un paso atrás, sintiendo que el corazón se le rompía en pedazos.

Él la miró en silencio durante unos segundos. Su expresión era indescifrable, pero notó un ligero tic en su mejilla, como si estuviese apretando los dientes.

–Me iré –dijo luego, infinitamente distante–. Te pido disculpas por molestarte y te aseguro que no volveré a intentar ponerme en contacto contigo. Acepto que nuestra relación ha terminado y que no queda nada entre los dos. Y la culpa es enteramente mía. Adiós, Eloise.

Cuando se dio la vuelta para salir de la biblioteca y desaparecer de nuevo de su vida, Eloise tuvo que hacer un esfuerzo para no correr tras él.

Su corazón estaba aprisionado por una garra y, por un segundo, estuvo a punto de tomarlo por los hombros, de echarse en sus brazos.

Para suplicarle que no se fuera.

Pero no hizo nada de eso.

Oyó el ruido de un coche sobre la gravilla del camino y luego pasos en la entrada. Un segundo después escuchó otra voz masculina con acento estadounidense y, por fin, el ruido de la puerta al cerrarse.

Seguía sin poder moverse cuando Johnny entró corriendo en la biblioteca.

–¡Mi padre está en casa! Ha venido a jugar conmigo. Vamos a nadar en la piscina.

Eloise reaccionó entonces, como una estatua animada.

–Me alegro mucho –murmuró con tono mecánico.

Al otro lado de la ventana vio un brillo de color rojo y oyó el familiar rugido de un motor alejándose.

–¡Papá! –gritó Johnny–. ¡Vamos a nadar!

–Ahora mismo, pequeñajo –asintió su padre. Luego miró a Eloise y esbozó una sonrisa–. Vaya, vaya, qué escondido lo tenías, Ellie. Vito Viscari ni más ni menos. Menudo pretendiente. Johnny estaba intentando convencerlo para que lo dejase conducir el deportivo.

–Era precioso –dijo el niño, corriendo por la habitación como si manejase un volante.

–Pero sospecho –siguió John Carldon, mirando a

Eloise– que no es el coche lo que a ti te interesa, sino el atractivo de estrella de cine que le ha otorgado una injusta providencia. Laura se llevará un disgusto cuando sepa lo que se ha perdido. Claro que cuando se lo cuente seguro que lo invita a cenar. Ah, y, si necesitas unos días libres, dínoslo. Supongo que se alojará en el hotel Viscari... o tal vez no. Creo que ya no pertenece a su familia. Ese fue uno de los que cayó en manos de Falcone –el hombre sacudió la cabeza, sin darse cuenta de que la niñera de su hijo estaba completamente inmóvil–. Supongo que fue muy duro para él que le quitasen la mitad de su herencia así, de repente. La prensa económica armó un gran escándalo, incluso en Nueva York. La viuda de su tío vendió la mitad de la cadena hotelera a su mayor rival. Nic Falcone se ha llevado un tesoro, los mejores hoteles. Un golpe duro del que tardará en recuperarse, pero lo hará, seguro. Intentará recuperar todo lo que le han quitado –John esbozó una sonrisa–. Aunque me imagino que habrá venido aquí por otras razones, ¿no?

Eloise no le devolvió la sonrisa porque no podía hacerlo. No podía mover un músculo. Solo podía escuchar a su jefe, inmóvil, mientras Johnny tiraba de su mano para llevarlo a la piscina.

–Yo no suelo invertir en hoteles, pero si Laura organiza esa cena invitaré a algunos inversores. Después de todo, si Vito Viscari es tu pretendiente debemos tratarlo bien. No queremos perderte antes de tiempo –John miró a su hijo, que tiraba de él hacia la puerta–. Ya voy, ya voy, me vas a arrancar la mano. Nos vemos luego, Ellie.

Cuando salió de la biblioteca con el niño, ella se dio

la vuelta para subir a su habitación con unas piernas que no parecían capaces de sostenerla.

Vito pisó el acelerador, haciendo rugir el poderoso motor para que el ruido ahogase la angustia que sentía. La amargura de la derrota total.

«No debería haberla buscado».

Durante esas preciosas semanas, mientras recorrían Europa, se había preguntado muchas veces si Eloise era la única mujer del mundo de la que podía enamorarse. Y, cuando desapareció, la había echado de menos con una intensidad que era como una tortura.

Encontrarla por fin, tenerla cerca, había dejado claro lo que sentía por ella.

Estaba desesperado por hacerla entender por qué había hecho lo que había hecho. Desesperado por recuperarla.

Pero había sido un desastre, una catástrofe que había destrozado sus esperanzas para siempre.

«¿Esperabas otra cosa?».

Vito se regañó a sí mismo mientras apretaba el volante.

«¿De verdad esperabas que cayese en tus brazos, como si esta pesadilla no hubiese ocurrido?».

Debería haber sabido que no sería así. Debería haberse dado cuenta de que eso era imposible.

«Me cambiaste por un puñado de acciones».

Vito apretó el volante de nuevo.

«*Dio*, lo he estropeado todo. Lo he perdido todo. Todo lo que quería, todo».

Tenía que enfrentarse con lo que había hecho, con lo que había dejado escapar. Había querido conservar a Eloise en su vida, descubrir lo que significaba para él, pero la había perdido para siempre. Ella lo había dejado bien claro.

Había querido cumplir la promesa que le hizo a su padre en su lecho de muerte y también la había roto. Había querido mantener intacto el legado Viscari y también lo había perdido.

«Todo ha sido para nada, menos que nada. He traicionado la confianza de Eloise y he traicionado la confianza de mi padre».

Siguió conduciendo, desesperado. Se iría de Nueva York esa misma noche. Iría a Santa Cecilia. Al menos ese hotel seguía siendo suyo porque Nic Falcone ya tenía una fuerte presencia en el Caribe y no estaba interesado en otro hotel. Aunque, por supuesto, se había quedado con parte de sus hoteles de Estados Unidos, incluyendo el prestigioso Viscari de Manhattan.

Por lealtad al antiguo director, con quien mantenía una cordial amistad, se alojaría en su suite habitual, aunque las señales del cambio de imagen eran para él como una bofetada.

«Pero no puedo rendirme y no lo haré».

Vito apretó los dientes. Falcone se había llevado la mitad de sus hoteles, pero habría nuevos hoteles Viscari. Tardaría tiempo, pero eso era algo que tenía. Tanto tiempo entre las manos...

Era hora de reconstruir su legado, de reponer lo que había perdido.

¿Qué otra cosa podía hacer? ¿Qué otra cosa le quedaba?

«Eloise». El nombre apareció en su cabeza como un fantasma.

«¿De qué ha servido encontrarte y verte de nuevo?».

Qué tonto había sido. Esperar que lo perdonase, que entendiese la situación.

Esperar que se echase en sus brazos.

Eloise llamó a su madre desde su habitación en la mansión de los Carldon.

—Mamá, necesito tu ayuda. ¿Puedo dormir en tu apartamento esta noche? Tengo que ver a Vito.

—¿Vito? —repitió su madre—. No me digas que es el italiano con el que mantuviste esa desastrosa relación.

Ella tragó saliva. No le había contado a su madre nada sobre Vito y ella no le había preguntado porque, después de todo, no había necesidad.

—Así es, Vito Viscari. Ha descubierto dónde trabajo y ha venido a buscarme...

—¿Viscari, como los hoteles?

—Sí —respondió Eloise.

No quería una inquisición sobre la identidad de Vito, lo único que quería era su ayuda.

—No tenía ni idea. ¿Por qué vas a verlo? —le preguntó su madre con tono seco.

—Tengo que hablar con él.

—Espero que hablar sea lo único que hagas. Ya te has portado de una forma muy poco sensata... —su madre dejó la frase a medias y Eloise escuchó voces de fondo—. Lo siento, hija, tengo que colgar. Pídele la llave al conserje. Hoy tendré que trabajar hasta muy tarde.

Cuando cortó la comunicación, Eloise dejó escapar un suspiro. Esa había sido la llamada más fácil.

Con dedos temblorosos marcó el número del hotel Viscari de Manhattan. Vito se alojaría allí, ¿no?

«Pero si ya no es su hotel...».

–Falcone Manhattan, dígame.

Eloise se concentró en lo que tenía que hacer y dejó el mensaje que debía dejar.

–Mi nombre es Eloise Dean. Por favor, dígale al señor Viscari cuando llegue al hotel que tengo que hablar urgentemente con él. Dígale que llegaré sobre las ocho.

No dijo nada más. No podía hacerlo.

Capítulo 7

VITO esperaba, tenso. ¿Era una locura volver a pasar por eso dos veces en un solo día? Había estado dispuesto a tomar un vuelo esa misma noche, huir al Caribe como si los sabuesos del infierno estuvieran persiguiéndolo.

Y ahora...

Ahora estaba esperando en el elegante bar del hotel que una vez había sido suyo, con un Martini en la mano, haciendo lo posible por controlar su nerviosismo. Mirando hacia la entrada como un halcón.

El mensaje decía que llegaría a las ocho y eran las ocho y cinco. ¿Iría Eloise? ¿Y por qué?

«He esperado demasiado, he puesto demasiadas esperanzas en decirle lo que no pude decirle en Roma y no ha servido de nada».

Eloise no le había perdonado.

Qué amarga ironía, pensó. Gracias a su aspecto, su fortuna y su posición social, nunca había tenido que esforzarse para conquistar a una mujer.

«¿Esperabas que ella fuese como las demás, tan embelesada por ti que te perdonaría después de una simple disculpa?».

Vito frunció el ceño. No había sido así y la sensación de pérdida que había experimentado cuando se marchó de Roma volvió con redoblada intensidad. Se había preguntado muchas veces qué significaba Eloise para él y perderla se lo había demostrado. Perderla no una vez, sino dos.

La amarga verdad era que solo había tenido que verla un momento para saber con total certeza que, de todas las mujeres del mundo, ella era la más importante para él. Pero había vuelto a perderla.

A menos que su visita de esa noche significase...

No, no debía hacerse ilusiones. Se las había hecho antes de ir a Nueva York y Eloise las había destrozado. Era mejor, más seguro, terminarse el Martini y prepararse para verla de nuevo.

Quizá por última vez.

Levantó su copa, pero no pudo llevársela a los labios.

Porque ella estaba allí, en la entrada del bar, con los ojos clavados en él.

Eloise tenía el corazón acelerado, pero intentó disimular. Estaba allí con un único propósito: retractarse de lo que le había dicho unas horas antes, tan enfadada, tan injustamente.

«Me cambiaste por un puñado de acciones».

Pero no eran un puñado de acciones, sino la mitad de su herencia; una herencia que ahora pertenecía a su rival.

—Hola, Vito —su voz sonaba extraña, lejana. No era capaz de mirarlo a los ojos. O tal vez era él quien no podía hacerlo—. Gracias por recibirme.

Vito dejó la copa de Martini sobre la barra.

—¿Qué querías decirme?

Eloise se sentó en un taburete a su lado, dejó el bolso sobre la barra y tomó aire.

—Yo no sabía lo que había pasado —empezó a decir—. No sabía lo que significaban esas acciones para ti. El padre de Johnny me lo ha contado. Lo siento, de verdad.

Vito asintió con la cabeza.

—¿Qué quieres tomar? —le preguntó, como si fueran dos simples conocidos.

Ella vaciló. Una vez hubiera dicho: «Me encantaría tomar un Bellini». Pero ya no podía hacerlo. Y no solo por los recuerdos.

—Un zumo de naranja, por favor —respondió.

Se fijó en el emblema de la empresa Falcone en el uniforme del camarero. El rival de Vito había marcado su nueva propiedad, pensó. Pero, tras un largo e incómodo silencio, supo que debía decir algo.

—Si te hubieras casado con tu prima, ¿habrías perdido los hoteles?

Él negó con la cabeza.

—Marlene, la viuda de mi tío, me habría dado la mitad de las acciones después de la boda. Ese era el plan, así pensaba obligarme a casarme con su hija.

—Pero ¿por qué? —le preguntó Eloise, haciendo una pausa cuando el camarero volvió con el zumo de naranja—. ¿Por qué quería que te casaras con su hija? ¿Estaba enamorada de ti?

¿Era por eso por lo que Carla había sido tan desagradable, por celos?

—No, estaba enamorada de un hombre que la había dejado por otra mujer. Casarse conmigo era una forma de salvar su orgullo, supongo. Aunque la única manera de hacerlo fuese gracias a un soborno.

Eloise se quedó callada un momento, pensativa.

—Si ya habías tomado la decisión de aceptar ese soborno, ¿qué te hizo pensar que era aceptable mantener una relación conmigo?

–Marlene lanzó la bomba la noche que llegué a Roma. Yo no sabía nada hasta ese momento.

–¿Y aceptaste casarte con Carla esa noche?

Vito negó con la cabeza.

–¡No! Les dije que era una locura.

–Y, sin embargo, al día siguiente intentaste llevarme a Amalfi. Cambiaste de opinión sobre tu matrimonio con Carla y decidiste mantenerme como tu amante.

–No, Eloise, ¿cómo puedes pensar eso? –Vito tomó aire–. Solo quería sacarte de Roma, alejarte de todas las complicaciones.

Se tomó el resto del Martini, agitado, pero intentando contenerse. Tener a Eloise tan cerca, y a la vez tan lejos, era un tormento. ¿Y para qué?

«Cuando me haya hecho todas las preguntas que quiera se marchará. Se irá de todos modos. Y yo me iré al aeropuerto y nunca volveré a verla».

–¿Querías sacarme de Roma hasta cuándo? –siguió ella–. ¿Y para qué? Ibas a casarte con Carla de todas formas.

–No –dijo Vito–. No tenía intención de casarme con ella.

Eloise hizo una mueca. Quería permanecer calmada, pero la escena de pesadilla de Roma se repetía en su cabeza.

–Me dijiste a la cara que Carla era tu prometida.

Él apretó los dientes.

–Lo dije para sacarla de allí, para aplacarla –respondió–. Necesitaba hacerla creer que había aceptado el acuerdo, pero solo estaba intentando ganar tiempo.

–¿Por qué? –insistió Eloise. Esos juegos maquiavélicos la ponían enferma.

–Necesitaba tiempo para que Carla se calmase. Estaba histérica, tú misma debiste verlo. Esperaba que entendiese que nuestro matrimonio no resolvería sus problemas. Al contrario, sería más infeliz que nunca. Y, cuando Carla se hubiera dado cuenta, su madre habría tenido que olvidar sus esperanzas de casarme con ella. Tendría que resignarse a venderme las acciones o seguir siendo una socia pasiva como lo había sido desde la muerte de mi tío Guido. Y entonces, por fin, yo habría sido libre para volver contigo. Libre para...

No terminó la frase.

«¿Cómo voy a decirle ahora, cuando apenas puede mirarme a los ojos, que pensé que ella podría ser la mujer de mi vida?».

Eloise sintió que se apartaba y le dolió como un golpe. Había tanta distancia entre ellos, tantas cosas que los separaban...

Incluyendo su impetuosa escapada y su negativa a escucharlo. Se había negado a darle la oportunidad de explicar la situación. Se había ido de Roma condenándolo, pensó, compungida.

–Pero, cuando te fuiste, cuando desapareciste –siguió Vito– y dejaste claro que no querías saber nada de mí... en fin, me pareció menos importante negarme a ese matrimonio, así que acepté casarme con ella. Me pareció la forma más rápida de hacerme con las acciones de Marlene. Carla tendría la boda que tanto ansiaba, pero seis meses más tarde habríamos solicitado la anulación del matrimonio alegando que no había sido consumado y nos separaríamos. Yo me quedaría con las acciones de Guido y le pagaría a Carla un precio elevado por ellas.

–Pero me has dicho que no hubo boda –murmuró Eloise.

–Al final, no pude hacerlo.

–¿Por qué?

Vito tardó un momento en responder.

–Porque habría sido una deshonra –dijo por fin, sin mirarla. No podía hacerlo.

Se quedaron en silencio de nuevo; un silencio profundo, impenetrable. Eloise podía sentir el latido de una vena en su frente. Miró a Vito intentando verlo de verdad, no tras la niebla del romance que lo había envuelto cuando estaban juntos en Europa, y sin la amargura y la ira que había sentido al verse traicionada. Una traición que él no había pretendido, pero que había cometido de todas formas.

Había estado dispuesto a casarse con Carla solo porque lo habían sobornado para que lo hiciera. Había estado dispuesto a venderse, a poner el beneficio económico por delante de las personas. Esa mancha en su carácter lo marcaría para siempre. Era imposible amar a un hombre así, querer formar una familia con él.

Su tono era agrio cuando habló de nuevo:

–No pudiste resistirte, ¿no? Te imaginaste que podías engañar a Carla, esconderme en algún sitio discreto y conseguir las acciones. Y así todo saldría a tu gusto –le dijo, usando el sarcasmo para reírse de sus tontas esperanzas–. Pero al final rechazaste el soborno, así que al menos tienes la conciencia limpia.

Vito dejó escapar una risa amarga.

–No, en absoluto –respondió, antes de pedirle otro

Martini al camarero. «Al demonio con todo». Si iba a tener que sufrir esa tortura podía hacerlo tomando otro Martini. Tal vez así estaría insensibilizado.

–¿Por qué no? Al final, hiciste lo que debías hacer.

–¿Tú crees? Iré a decírselo a la tumba de mi padre entonces.

Eloise lo miraba con sus claros ojos azules, tan claros como su conciencia.

–¿Qué quieres decir? –le preguntó, sin entender.

Vito tomó un trago del Martini, pero le quemó la garganta como el recuerdo que daba vueltas en su cabeza.

«Tienes que recuperar esas acciones, Vito. Haz lo que tengas que hacer. Paga lo que ella exija, da igual. Prométemelo, hijo, prométemelo».

Escuchaba la voz estrangulada de su padre implorándole, suplicándole que le hiciera esa promesa antes de morir.

Vito volvió al presente y apartó la mirada de esos ojos azules que lo miraban sin entender.

–Cuando mi padre sufrió el infarto yo corrí al hospital –empezó a decir, mirando la aceituna de dentro del Martini–. Los médicos me dijeron que le quedaba muy poco tiempo y quería hablar conmigo, decirme sus últimas palabras. Me suplicó... me hizo prometer que recuperaría las acciones que mi tío le había dejado a Marlene. Me dijo que no debía perder el legado que tanto había costado levantar, que era mi deber. Debía hacer lo que fuese necesario para que la cadena Viscari siguiera siendo solo de la familia –agregó, con los ojos oscurecidos–. Ese día, el día que te fuiste, Marlene amenazó con venderle las acciones a Nic Falcone si no anunciaba mi compromiso con Carla inmediatamente.

Eloise lo miraba, atónita.

—¿De verdad?

Eso no era un soborno, sino un chantaje en toda regla. Había querido forzar su mano de la forma más despiadada posible.

Vito la miró con ojos serios.

—Por eso Carla fue a la suite y exigió que te dijera que era mi prometida. Y, por eso, yo no pude negarlo. Tenía que cumplir la promesa que le hice a mi padre —le contó, tomándose el resto del Martini—. Una promesa que traicioné cuando dejé a Carla plantada ante el altar. Marlene le vendió las acciones a Falcone esa misma tarde, así que no, Eloise, no tengo la conciencia limpia. Nunca la tendré. Puedo decirme a mí mismo que hice bien al no casarme con Carla, pero eso no me absuelve de haber roto la promesa que le hice a mi padre en su lecho de muerte.

Luego se quedó en silencio, inclinado sobre su copa, oyendo los sollozos de su madre, sintiendo cómo su padre le apretaba el brazo mientras la muerte se lo llevaba, apartándolo de su mujer y de su hijo para siempre.

—¿Le hiciste una promesa a tu padre? ¿Es por eso por lo que aceptaste el chantaje de Marlene, porque se lo prometiste a tu padre en su lecho de muerte?

Vito hizo una mueca.

—¿Por qué si no? Pero lo he traicionado, he traicionado a mi padre. He perdido los hoteles, rompí mi promesa...

Eloise le apretó el brazo.

—Vito, escúchame —le dijo, con tono urgente. No podía soportar verlo así, tan dolido, haciéndose tantas recriminaciones.

«Tengo que arreglar esto. Me he equivocado y tengo que arreglarlo... por él».

¿Y por algo más? No, no había tiempo para eso. No había tiempo para especulaciones o para pensar en sí misma. O para pensar en...

–Escúchame –repitió, apretándole el brazo de nuevo–. No deberías haber tenido que hacer esa promesa.

El padre de Vito estaba muriéndose, pero había puesto una carga demasiado pesada sobre los hombros de su hijo, una carga que había estado a punto de destruirlo.

¿No había hecho lo mismo su propio padre? ¿No le había hecho pensar durante toda su infancia que si hubiera sido un chico no la habría abandonado?

–Esta situación no fue creada por ti ni por tu padre –siguió Eloise–. Fue tu tío quien decidió dejarle sus acciones a su viuda. No sé por qué lo hizo, pero él es el responsable de lo que ha pasado. Este hotel... –siguió, señalando a su alrededor– y el resto de los que ahora pertenecen a tu rival, todo eso es culpa de Guido, no tuya. ¿No te das cuenta, Vito? Si tu padre no te hubiese obligado a hacer esa terrible promesa, ¿habrías sucumbido al chantaje de Marlene?

–Por supuesto que no.

De repente, Vito sintió que la sangre fluía por sus venas de nuevo, rica y caliente, liberando un sentimiento de culpabilidad que lo había ahogado durante meses.

–¿Crees que todo esto es responsabilidad de mi tío y no mía? –murmuró, como si estuviera hablando consigo mismo, como si intentase creerlo y no se atreviese a hacerlo.

–Claro que sí –respondió ella sin la menor vacilación–. ¿No se le ocurrió que su viuda podría usar esas acciones de una forma tan maligna?

Vito se quedó callado un momento.

–Creo que le dejó sus acciones esperando que mis padres y yo mismo aceptásemos a Marlene. Tal vez si hubiéramos sido más amables con ella no se habría obsesionado con casarme con su hija para demostrar que era parte de la familia.

–No pienses más en ello. Todo ha terminado. No dejes que arruine tu vida, por favor.

Era extraño que estuviese consolando a Vito y, sin embargo, le parecía tan... natural. Pero había algo más que necesitaba decir, algo que debía reconocer. Y tenía que hacerlo en ese momento.

–Ahora que entiendo lo que ha pasado, lo difícil que era la situación para ti... –Eloise tragó saliva–. Sé que he sido injusta contigo. Te juzgué apresuradamente y lo siento. Lo siento de verdad.

Se le quebró la voz y no fue capaz de decir nada más.

–Yo también lo siento –dijo él en voz baja–. Si pudiese volver atrás en el tiempo lo haría todo de otra forma. Te lo habría contado antes, te habría explicado la situación.

Si hubiera hecho eso, y si Eloise le hubiese dicho en Roma lo que acababa de decirle... porque era cierto, había sido su tío Guido quien provocó el problema, pero fue a él a quien se exigió pagar un alto precio por resolverlo.

Ella le había abierto los ojos. Aunque no haber cumplido la promesa que le hizo a su padre seguía siendo un peso sobre sus hombros, Eloise lo había liberado del sentimiento de culpabilidad que lo había consumido desde que dejó a Carla plantada en la catedral. La miró entonces, asombrado, maravillado de que aquella mujer a la que había hecho tanto daño pudiese hacerle tal regalo.

Instintivamente, sin pensar, tomó su mano para llevársela a los labios.

–Gracias –murmuró. Pero ella apartó la mano para tomar el vaso de zumo–. Lo siento. No debería...

–No, soy yo quien lo siente –se apresuró a decir ella–. Vito...

No podía decir nada más. Tenía el corazón acelerado y un nudo en la garganta.

–Si quieres que me vaya, que te deje en paz, lo haré. Tomaré el primer vuelo y no volveré a molestarte –Vito hizo una pausa, mirándola a los ojos–. Pero, si crees que tal vez queda algo de lo que hubo entre nosotros... algo de lo que tuvimos, algo que podría convertirse...

–¿En qué?

De repente, no podía tragar, tenía la garganta seca. Había sido tan fácil odiar a Vito, tan fácil condenarlo por lo que le había hecho, tan fácil apartarlo de su vida, de su futuro.

Pero verlo de nuevo después de tanto tiempo estaba provocando un conflicto dentro de ella. Sus emociones parecían contradecirse, cancelarse unas a otras, y no encontraba una respuesta definitiva.

«Le he perdonado por lo que hizo y, sin embargo...».

Una vez, en otra vida, se había entregado a Vito, había corrido tras él en un torbellino de felicidad y de éxtasis, pero todo había terminado abruptamente y su vida había cambiado para siempre. Tenía por delante un inesperado futuro, unas responsabilidades a las que nunca podría dar la espalda. No podía permitirse ser impulsiva.

«Esta vez debo tener mucho cuidado».

Estaba intentando ser juiciosa, pero se le aceleró el corazón mientras se lo comía con los ojos, desde el pelo negro a las largas pestañas, la preciosa línea de su boca, sus elegantes manos, el soberbio corte del traje de chaqueta sobre el bronceado cuerpo que ella conocía íntimamente...

El corazón le pedía que fuese con él.

«Vito, cuánto te he echado de menos».

Pero tenía que controlarse. No podía sucumbir como había hecho aquel día, cuando cayó a sus pies en el aeropuerto.

«No puedo volver a hacerlo. Hay demasiado en juego».

–No sé lo que hay entre nosotros, pero quiero descubrirlo. Por eso he venido, para descubrirlo –Vito tragó saliva–. Al menos tenías que saber por qué hice lo que hice. Te debía la verdad, aunque eso no cambie nada.

Ella sacudió la cabeza.

–Pero la verdad sí cambia la situación. La cambia por completo.

Él no dejaba de mirarla, interrogante.

–¿Lo suficiente?

–No lo sé.

–Tal vez podríamos intentar averiguarlo –dijo Vito en voz baja–. ¿Quieres cenar conmigo? Solo una cena, aquí mismo. Así podríamos... no sé, hablar. O tal vez no hablar demasiado. Tal vez solo cenar juntos y ver si nos entendemos. No voy a presionarte, te doy mi palabra. Presión es lo último que necesitamos ahora mismo. ¿Qué dices?

Había inseguridad en su tono, incertidumbre. Y Eloise pensó que nunca lo había visto mostrarse inseguro.

«Porque sabía cuál sería mi respuesta. Sabía que yo aceptaría encantada todo lo que me pidiese».

Un caniche, así era como su madre la había descrito. Saltando alegremente cada vez que él se lo pedía. No había sido arrogante o exigente, pero ella siempre iba detrás de él como un perrito. Se había dicho a sí misma que debía tener cuidado, pero al final no lo había tenido en absoluto.

¿Y ahora?

¿Cuál era la verdad de sus sentimientos por Vito? ¿Cómo podía saberlo?

Lo único que sabía era que debía descubrirlo. Porque era esencial para ella tomar la decisión más acertada sobre lo que Vito significaba para ella y viceversa.

Y qué diría él cuando...

No, eso era ir demasiado lejos. Por el momento, solo debían hablar de ellos mismos, de su relación, de modo que asintió con la cabeza.

Esbozando una sonrisa de alivio, Vito llamó al camarero.

—Cenaremos en el hotel —le dijo.

Un minuto después, el maître los llevó al restaurante, saludando a Vito con respetuosa familiaridad, asegurándole con mucho tacto que los estándares del hotel se habían respetado a pesar de... el hombre hizo una mueca, sin añadir nada más.

Cinco minutos después estaban sentados a una mesa, mirando la carta, como habían hecho cientos de veces durante su viaje por Europa. Era como si el pasado y el presente se mezclasen. Todo tan familiar y, sin embargo, tan distinto.

«Pero me gusta tanto estar con él...».

Intentó apartar de sí ese pensamiento, sabiendo que debía ser juiciosa. Vito tenía razón, debían recuperar la calma. Sin presión, sin ninguna presión.

Apartó instintivamente su copa cuando el camarero iba a servirle vino, pero se dio cuenta de que Vito la miraba con curiosidad y esbozó una sonrisa.

–Demasiadas calorías –le dijo, sabiendo que debía dar una razón. Luego, con repentina decisión, apartó la mano y dejó que el camarero llenase la copa. Un poco de vino no iba a hacerle daño, pensó.

Notó que Vito la miraba y se sintió incómoda. A pesar de haber engordado muy poco, se alegraba de haber llevado una blusa ancha.

–Estás muy guapa –dijo él, su voz era tan cálida como su mirada.

Eloise se ruborizó.

–No... por favor.

–Lo siento. No tengo derecho...

–No, no es eso.

–Sin presión, en serio –dijo él, con un brillo burlón en los ojos, entre compungido y cómplice.

–Gracias –murmuró Eloise, tomando un sorbo de vino. Sabía tan bien que dejó la copa sobre la mesa con cierta pena.

Aunque no tuviese una poderosa razón para no beber alcohol, beber demasiado rápido con Vito era lo último que necesitaba.

– Cuéntame, ¿cómo has terminado cuidando de Johnny?

Había humor en su tono y Eloise lo agradeció. Era mejor hablar de cosas mundanas, sin perturbadores recuerdos del pasado. Sin presión, había dicho, y ella se alegraba.

—Encontré el puesto gracias a mi madre, que conoce a los Carldon.

—¿Tu madre vive en Nueva York?

—Sí, en Manhattan. Esta noche voy a dormir en su apartamento.

¿Por qué había dicho eso? ¿Era para dejar claro que no debía esperar nada?

—No sabía que tu madre fuese estadounidense.

—Es británica. Bueno, nació en Gran Bretaña. No sé si ha solicitado la nacionalidad estadounidense —Eloise se encogió de hombros—. No hablamos mucho, la verdad. Nunca lo hemos hecho.

Vito la miró, interrogante, pero no dijo nada.

—De haber sabido que vivía en Nueva York habría intentado buscarte aquí antes. No me contaste...

—Tú tampoco me dijiste que la mujer de tu tío poseía la mitad de las acciones de la empresa y estaba amenazándote con ellas.

—La verdad es que no hablamos mucho sobre nuestras familias.

—No, es cierto.

Se quedaron en silencio un momento, pensativos los dos.

—Johnny es un niño encantador —dijo Vito después—. Y está claro que le gustan los coches.

—Especialmente los deportivos. Su padre tiene un par de ellos.

—John Carldon —murmuró él, recordando el breve saludo en su casa unas horas antes—. ¿Los Carldon de la empresa bancaria?

–Así es –asintió Eloise. ¿Debía contarle lo que John había dicho? Había abrumadoras razones para no hacerlo, pero también para hacerlo–. John mencionó que... tal vez te gustaría cenar en casa algún día. Dijo que invitaría a gente interesada en el mundo hotelero. Ya sabes, por lo que pasó.

Vito sonrió, sorprendido.

–Es un detalle por su parte. Mi tarea durante los próximos años será expandir la cadena Viscari. No puedo hacerlo rápidamente, claro, pero lo haré. La cadena ha recibido un golpe, pero no estamos muertos.

–¿Podrás hacerlo? –le preguntó Eloise.

–Creo que sí –respondió él, decidido–. Y lo haré con menos sentimiento de culpabilidad gracias a ti. Gracias... gracias por lo que has dicho antes. Tú has hecho posible que mire hacia delante en lugar de mirar hacia atrás –le dijo, sacudiendo la cabeza–. No puedo deshacer lo que hizo mi tío y me siento atado por la promesa que le hice a mi padre, pero he heredado el tesón de mi bisabuelo y mi abuelo, que fundaron la cadena Viscari, y sé que con paciencia y determinación recuperaré lo que he perdido. Falcone no ha terminado conmigo y, si tu jefe quiere presentarme a algún inversor, estaré encantado de aceptar esa invitación. ¿Te parece bien, Eloise? No quiero imponerte mi presencia.

–No será una imposición –dijo ella–. Los Carldon son encantadores. Y Laura ya está suspirando por ti –bromeó.

–Tú sabes que yo solo tengo ojos para ti. Solo te miraré a ti, a nadie más.

El corazón de Eloise dio un vuelco dentro de su pecho.

–Vito, por favor...

–Te he echado tanto de menos... –musitó él, tomando su mano.

Pero la apartó cuando el camarero apareció para servir el primer plato. Tal vez era mejor así, pensó. Charlaron sobre Nueva York y el frenético ritmo de la ciudad.

«Le he prometido que no habría ninguna presión, solo una cena agradable, nada más que eso».

Pero no podía evitar hacerse ilusiones y el deseo empezaba a prender de nuevo.

Pero ¿el deseo era suficiente?

«¿Lo es para mí? Ten cuidado», se advirtió a sí mismo. «Hace unos minutos estabas a punto de despedirte de ella para siempre. No puedes equivocarte otra vez».

Tenía que recordar eso. Pero, a medida que pasaba el tiempo la tensión se esfumó y empezó a relajarse, disfrutando de su agradable compañía.

–¿Recuerdas lo bien que lo pasamos en Barcelona?

Eloise se echó a reír. Siguieron recordando otros momentos en las ciudades que habían visitado durante esas semanas. Estaba relajada, como si nunca se hubieran separado.

–¿Café? –preguntó Vito cuando terminaron de cenar.

Ella dejó escapar un suspiro, mirando su reloj. ¿Tenía tiempo para tomar café? La verdad era que no quería marcharse todavía.

Le gustaba tanto estar con él...

–¿Tienes que irte?

–No, aún no.

Vito pidió café al camarero y ella no dijo nada. Sabía que estaba prolongando el momento. Era consciente también de que Vito no dejaba de mirarla. Poco a poco sentía que el ambiente cambiaba, que se volvía cargado y espeso.

Después de tomar café, Vito pidió que cargasen la cuenta a su suite, dio las gracias a los camareros por la cena y luego miró a Eloise. Ella estaba rígida, dos sombras de color asomaban en sus mejillas, y no solo por la copa de vino. Su belleza lo abrumaba, despertando sus sentidos.

–Te pediría que te quedases, pero te prometí que no habría ninguna presión –dijo con voz ronca–. Aunque debo confesar que, si no lo hubiera prometido, te lo pediría.

Eloise no era capaz de apartar la mirada y él se la sostenía sin hacer el menor esfuerzo, como había hecho desde el primer día.

–No puedo... –empezó a decir–. No debo hacerlo.

–Lo sé –asintió Vito con voz ronca–. No sería sensato.

Cerró los ojos un momento, como intentando recuperar la compostura, y cuando volvió a abrirlos su expresión era diferente.

–Todo salió mal para nosotros en Roma. Cuando llegamos, lo único que yo quería era pasar tiempo contigo, conocerte mejor, explorar nuestros sentimientos. Pero al final no tuvimos tiempo y... –tomó aire, mirándola fijamente–. Tal vez podríamos tenerlo ahora.

Ella asintió con la cabeza y su expresión se animó.

–Estoy planeando un viaje al Caribe. Falcone no está interesado en los hoteles que tenemos allí y quiero asegurar a los empleados que todo va a seguir como antes. Además, acabamos de abrir uno en Santa Cecilia... Allí era donde quería llevarte cuando escapaste de Roma. ¿Te gustaría ir?

–Ahora no puedo. Los Carldon me necesitan.

En sus ojos azules había un brillo de anhelo que no le pasó desapercibido.

–Entonces, ¿podría yo ir a visitarte a Long Island?

Ella asintió.

–Normalmente, tengo los fines de semana libres.

–¿Este sábado entonces? –sugirió Vito.

–Muy bien, pero ahora tengo que irme. Me alegro mucho de haberte visto. Esta noche, esta cena, estar contigo otra vez. Pero yo... por favor, no quiero ir deprisa.

«Ayer, a esta misma hora, no sabía que volvería a verlo. No sabía que ya no estaría enfadada con él, que estaríamos así, como antes».

Pero... ¿era como antes? No podía ser, ya no. El suyo ya no podía ser un simple romance de verano. Ahora solo podía ser todo o nada. Y aún no sabía lo que quería.

–Lo que tú digas, Eloise –murmuró Vito, apretándole la mano.

Ella levantó la mirada y por un momento, un largo momento, sus ojos se encontraron.

–Gracias –susurró.

Luego apartó la mano, tomó su bolso y se levantó.

–Voy a pedir la limusina del hotel –dijo él.

–No hace falta, tomaré un taxi.

Vito la acompañó a la puerta y la ayudó a subir al taxi, experimentando una oleada de anhelo. Qué preciosa era, qué maravillosa. Desde el pelo dorado a las largas piernas, la estrecha cintura, los amplios pechos que empujaban contra la tela de la blusa. ¿Más generosos de lo que recordaba?

Intentó sonreír mientras cerraba la puerta y ella lo despedía con un gesto. El taxi se abrió paso entre el tráfico de Manhattan hasta desaparecer de su vista.

En el interior del coche, Eloise cerró los ojos. Le daba vueltas la cabeza y no solo por el vino al que ya no estaba acostumbrada, sino por algo mucho más embriagador.

«Ay, Vito, mi deseo por ti es tan fuerte como antes, pero no puedo lanzarme de cabeza».

Sin embargo, a pesar de esa advertencia, tenía el pulso acelerado. Miró las luces de neón que iluminaban las calles de Manhattan, pero todo se convirtió en un borrón. A esa misma hora el día anterior todo le había parecido tan simple, el futuro tan claro. Rígido, implacable, solitario. Y, ahora, de repente, Vito había puesto ese mundo patas arriba...

Un gemido ahogado escapó de sus labios.

Capítulo 8

VITO paseaba inquieto por la habitación. No podía dormir. Recordaba cada momento que había pasado con Eloise esa noche. Las emociones se mezclaban en su interior, alzando el vuelo y hundiéndose un segundo después. Intentaba darle sentido, pero era inútil.

Se acercó a una de las ventanas para mirar las calles de Nueva York y, al fondo, la masa oscura de Central Park, como si pudiese verla al otro lado de la ciudad... no sabía dónde, en el apartamento de su madre.

«¿Estará durmiendo? ¿Estará pensando en mí como yo en ella, incapaz de concentrarse en otra cosa?».

La esperanza hacía que su corazón no pudiese descansar. Estaba tan cerca y, sin embargo, tan lejos. ¿Era solo deseo lo que le provocaba esa inquietud? Sabía que el deseo estaba ahí, ¿cómo no? Había despertado en cuanto puso los ojos en ella esa tarde.

«¿Morirá este deseo algún día?».

Mientras miraba el paisaje de la ciudad, viendo solo la imagen de Eloise, supo que esa era una pregunta innecesaria.

«La desearé durante el resto de mi vida».

Pero no era solo deseo, sino una emoción más profunda.

«Es por ella misma, es todo en ella».

Se apartó de la ventana con el corazón acelerado. No podía ponerle nombre a lo que sentía, solo sabía que nunca había sentido nada tan poderoso.

Todo se resolvía con una simple palabra, un nombre.

«Eloise».

—¿Todo listo? —le preguntó Laura Carldon con una sonrisa.

—Sí —murmuró Eloise, con los nervios agarrados al estómago.

—Genial, pásalo de maravilla con tu chico. John y yo vamos a empezar a buscar a una sustituta hoy mismo...

Eloise la miró con consternación.

—No, por favor, eso no es necesario. Es demasiado pronto y aún no sé...

—Ellie, Vito Viscari te ha dado tiempo, pero tú sabes que solo hay un resultado posible.

Ella palideció. Sabía que su jefa tenía razón, pero no era tan sencillo como creía. ¿Cómo iba a serlo? Laura se había puesto en plan hermana mayor cuando volvió de Manhattan y le contó la verdad sobre Vito. Su jefa había sido mucho más comprensiva que su propia madre.

Eloise aún podía escuchar el áspero consejo de Susan Forrester:

«Debes hacer lo que quieras y aceptar las consecuencias de tu decisión, como hice yo. ¿Qué es lo que quieres hacer?».

Esa era la cuestión, que no sabía qué hacer. ¿Qué quería hacer Vito? ¿Qué querría hacer cuando supiera...?

«No, no pienses en eso. Aún no, aún falta mucho para eso».

–Tengo que saber lo que siente, Laura. Tengo que saber lo que sentimos el uno por el otro.

–Por eso tienes que pasar tiempo con él, para descubrirlo –la animó su jefa–. Id a la playa, de compras, comed en una terraza. Pasadlo bien.

Vito había llegado poco después y Laura la llevó aparte para decirle, con un guiño de complicidad, lo guapísimo que era.

Y entonces Johnny había salido corriendo para ver el brillante Ferrari rojo que Vito había alquilado, uno igual al suyo, en el que habían viajado por toda Europa.

Eloise había subido al coche y Vito se había despedido del niño, que miraba el deportivo sin poder disimular la emoción.

Cuando salieron de la finca de los Carldon, Eloise giró la cabeza para mirarlo, dolorosamente consciente de su presencia. Estaba tan cerca que se le aceleró el corazón.

Él iba concentrado en la carretera y eso le dio un precioso momento para mirarlo: el ondulado pelo oscuro, las gafas de sol, el esculpido perfil, el polo de algodón que se pegaba a su ancho torso, el brillo dorado del reloj que llevaba en la muñeca, el largo y moreno antebrazo...

Eloise tragó saliva. El impacto en sus sentidos era tan poderoso y abrumador como siempre. Y supo, como había sabido desde la primera vez que lo vio, que también él la encontraba atractiva.

Ese día llevaba un atuendo que encajaba con aquella elegante zona de Long Island, cortesía del fabuloso guardarropa de Laura, que había insistido en prestarle un conjunto.

—Te quedará de maravilla ahora mismo —le había dicho, mostrándole un pantalón azul marino con cinturilla elástica y una blusa azul y blanca con cuello barco, ambas prendas con la etiqueta de un famoso diseñador. Un par de sandalias planas de color blanco y un bolso de paja completaban el atuendo.

Con el pelo apartado de la cara por una cinta blanca, y cayendo por su espalda en una larga trenza, tenía un aspecto elegante y moderno. Y el brillo de admiración de los ojos de Vito se lo había confirmado, devolviéndole mil recuerdos de su viaje por Europa. Entonces solo tenía ojos para ella.

Como si le hubiera leído el pensamiento, Vito giró la cabeza para mirarla en ese momento e incluso bajo las gafas de sol Eloise sintió la fuerza de su mirada.

—¿Dónde vamos? —le preguntó él, esbozando una sonrisa.

—Las playas del sur son las mejores, pero en el norte hay menos gente y es una zona más histórica —respondió Eloise.

—Nunca he estado en Long Island, así que donde tú digas me parece bien.

Se abstuvo de decir que cruzar un desierto también le parecería bien siempre que estuviese con ella.

«Eloise». Ese nombre se repetía en su cabeza mientras se la comía con los ojos, deleitándose con su presencia después de tantos meses separados.

«¿De verdad una vez di por sentado que podría pasar todo el tiempo que quisiera con ella, que siempre estaría ahí para mí?».

Ese era un pensamiento turbador. Nunca más volvería a dar nada por sentado cuando se trataba de ella.

«Pensé que podría hablarle de la trampa que me había tendido Marlene, que me esperaría hasta que hubiese podido solucionarlo todo».

Pero no había sido así y no volvería a dar nada por sentado con Eloise. Se le aceleró el pulso al mirarla, con el mismo impacto que el primer día. Solo sabía que era esencial solucionar aquella situación y descubrir de una vez por todas lo que había entre ellos. La cuestión más importante de todas.

—Muy bien, cuéntame todo lo que sepas sobre Long Island.

Eloise se alegró de poder charlar sobre un sitio del que, por una vez, ella sabía más que Vito. En Europa había sido él quien hacía de guía y resultaba curioso pensar que en aquella ocasión era al revés.

Más que curioso, tal vez simbólico. Simbólico del sutil, pero innegable cambio que se había producido en su relación. Ya no era una novia manejable, siempre dispuesta a hacer todo lo que él quería. Por primera vez se sentía más... ¿cómo se sentía?

¿Más en situación de igualdad, más adulta? ¿Menos dependiente?

Era algo sobre lo que debía meditar, pero no en ese momento. Cuando tuviese tiempo para reflexionar, para intentar ordenar sus pensamientos.

Eloise sacudió ligeramente la cabeza. Por el momento, solo quería pasar un día agradable. Debía divertirse como le había aconsejado Laura.

—Originalmente, Long Island estaba habitada por nativos americanos. Luego, cuando los europeos que llegaron a estas costas los echaron de aquí, se convirtió en una zona de granjas de holandeses e ingleses. Y más tarde, en el siglo xix, la expansión del ferrocarril trajo más colonos, especialmente desde Nueva York. Pero a finales de siglo, los neoyorquinos más ricos empezaron a construir enormes mansiones.

Mientras seguía contándole todo lo que sabía sobre Long Island, lo que había descubierto desde que vivía con los Carldon, y Vito la interrumpía de vez en cuando con alguna pregunta, empezó a sentirse cómoda y todo volvió a ser... familiar.

Fácil, natural.

Cuando pararon para comer, en uno de los atractivos y elegantes pueblecitos de los Hampton, se dio cuenta de que de verdad estaba pasándolo bien. Era tan agradable estar con Vito otra vez. Su sentido del humor, las sonrisas de complicidad que compartían, sus observaciones y bromas, todo parecía tan natural.

«Como si nunca nos hubiéramos separado».

Era un pensamiento extraño y seductor. Y, sin embargo, sabía que ya nunca podría volver a ser como antes.

¿Qué podría haber entre ellos?

Esa era la pregunta que la perseguía. Pero ¿cómo podía seguir atormentada mientras estaban sentados allí, bajo el toldo del restaurante, viendo cómo el sol iluminaba el azul del mar y los carísimos yates amarrados en el puerto? ¿Cómo podía hacer algo más que disfrutar de la compañía de Vito?

«La respuesta a mi pregunta llegará tarde o temprano y lo que sea, será».

Eso era lo único que sabía con seguridad. Y aquello era lo único que podía hacer por el momento.

Vito se echó hacia atrás en la silla, saciado después de un estupendo almuerzo. El toldo y una ligera brisa aliviaban el calor de mediodía. Frente a él, Eloise tomaba un té helado mientras le contaba historias sobre los Vanderbilt, los Morgan y todas esas familias multimillonarias de la época dorada de Nueva York que habían construido fabulosas mansiones en la costa norte.

—Creo que algunas de las mansiones están abiertas al público —estaba diciendo—. Para los estadounidenses, son lo más parecido a las mansiones aristocráticas europeas. Creo que muchas de ellas fueron decoradas con el contenido de castillos franceses y escoceses, que trajeron aquí cuando sus propietarios se arruinaron. Chimeneas, espejos, cuadros, lo trajeron todo en barcos.

Vito hizo una mueca.

—Supongo que los europeos debemos tomarnos eso como un cumplido. Desplumaron nuestra historia para crear la suya —dijo, sonriendo—. ¿Recuerdas la visita a Versalles, cuando fuimos a París? Tú querías ver los palacios de Trianón, el grande y el pequeño, la aldea... y eso es lo que hicimos durante todo un día.

Eloise asintió con la cabeza.

—Eras muy complaciente.

—Quería complacerte —asintió él.

¿Había querido complacerla? ¿Había hecho un esfuerzo por ella? ¿No solo ese día, sino durante todo el tiempo que estuvieron juntos? ¿Su aire despreocupado habría camuflado el esfuerzo que había puesto en esa relación?

Según su madre, era ella quien había complacido a Vito, quien había hecho todo lo que él quería. Pero tal vez eso no era justo.

«Que yo no me diese cuenta no significa que él no hiciera ningún esfuerzo».

Eloise esbozó una sonrisa.

—Fue un día maravilloso. Siempre lo recordaré como un tesoro.

—Lo pasamos bien, ¿verdad?

—Sí, lo pasamos muy bien —respondió ella, pensativa—. ¿Es eso lo que estamos intentando hacer ahora? ¿Revivir el pasado? —le preguntó, mirando el mar. Europa estaba tan lejos...—. No podemos revivir el pasado, Vito.

—No es esa mi intención.

Clavó en ella sus ojos y Eloise sintió esa mirada como una descarga eléctrica que le llegó al alma.

—Quiero mirar hacia delante, hacia el futuro —dijo Vito entonces—. Un futuro para los dos.

«Un futuro para los dos». Eso era lo que quería. Un futuro con Eloise, solo con ella.

Lo sabía con total certeza, como si se hubiera abierto una compuerta dentro de él. Era como la marea llegando a la playa desde lo más profundo del océano. Sus turbulentas emociones habían sido resueltas por fin después de tanta confusión. Eso era lo que quería, lo sabía con una profunda convicción.

No necesitaba más tiempo ni más preguntas, ya no era necesario. Sabía todo lo que necesitaba saber sobre Eloise, sobre sus sentimientos por ella. Era más que deseo, más que pasión.

«Nada de lo que haga o diga podría cambiar eso. Quiero un futuro con ella. Quiero estar con Eloise».

Era un nombre que había pronunciado tantas veces...

Eloise, la única mujer a la que quería. La única a la que querría para siempre en su vida.

«Me preguntaba si sería ella, si estábamos destinados a estar juntos durante el resto de nuestras vidas. Y ahora lo sé: es ella».

Bajó la mano para enredar sus dedos con los suyos, para enredar su vida con la de ella. Y la sintió temblar.

—¿Lo dices en serio?

Su voz era apenas un susurro y el brillo de sus ojos indescifrable, como ocultos por un fino velo.

—Es lo único que quiero de verdad.

Lo había dicho en voz baja, pero con absoluta convicción.

—Puede que creas que es demasiado pronto, pero no lo es para mí. Cuando te fuiste me dolió tanto... no podía ceder ante ese dolor, tenía que seguir con la amarga farsa de mi compromiso, pero ese dolor estaba ahí todo el tiempo, en mi corazón, y no me dejaba respirar. Ese dolor me dio la determinación que necesitaba para no casarme con ella —Vito tragó saliva—. Ese dolor se quedó conmigo mientras te buscaba por todas partes... y me rompió el corazón cuando por fin te encontré y volviste a decirme que me alejase de tu vida. Solo dejo de sentirlo cuando estoy contigo —le confesó—. Porque te has convertido en lo más importante de mi vida. Eloise, te necesito a mi lado.

—¿Lo dices de corazón, Vito?

—Con todo mi corazón —respondió él—. Estamos tan bien juntos, siempre ha sido así. Siempre, desde el principio.

—¿No soy solo una rubia más?

Él negó con la cabeza, acariciando el dorso de su mano con el pulgar.

—Siempre has sido mucho más que eso. Contigo era

diferente –Vito tomó aire, sabiendo lo que debía decir–. Admito haber tenido muchas aventuras, pero contigo... contigo fue diferente desde el principio y perderte me ha demostrado que necesito estar a tu lado, mi preciosa Eloise.

Sus ojos eran tan cálidos y suaves como el terciopelo y ella sintió el poder de esa caricia hasta lo más hondo.

–Es demasiado pronto –dijo, sin embargo.

–¿Pero no me rechazas?

Una poderosa emoción la empujaba hacia delante, como la marea, llevándola a un puerto seguro donde podría refugiarse de la tormenta que había provocado la supuesta traición de Vito.

Pero tenía que contenerse porque ya no se trataba solo de sí misma. O de él.

–Dijiste que no habría presión –le recordó, haciendo un esfuerzo.

Él le soltó la mano, asintiendo con la cabeza.

–Tienes razón. Y te doy mi palabra de que será así –le prometió, rozando brevemente su mano por última vez–. Te he dicho lo que siento y eso no va a cambiar. Estoy aquí para ti, si tú quieres. Da igual lo que la vida nos ponga por delante, siempre podrás contar conmigo.

Ella lo miraba, trémula, oyendo el eco de sus palabras.

«Da igual lo que la vida nos ponga por delante».

«Si eso fuera cierto...».

Experimentó una emoción a la que no se atrevía a poner nombre. Aún no.

Vito dejó el vaso sobre la mesa y esbozó una sonrisa.

—Bueno, ¿dónde iremos después de comer?

Eloise suspiró, aliviada... y algo más. Algo que flotaba sobre el resto de la tarde como un aura, como una bruma dorada en la que quería perderse. Pero era una tentación por la que no debía dejarse llevar.

«Aún no, aún no».

La pregunta más importante de todas, para la que aún no tenía respuesta, seguía ahí. Y todo dependía de esa respuesta.

Capítulo 9

EL FERRARI alquilado subía lentamente por el camino de entrada. Vito llegó a la puerta y apagó el motor. Eloise estaba sonriendo, pero era una sonrisa tensa.

Habían explorado la isla como turistas, habían charlado sobre cosas mundanas, divertidas, sin presión. Pero en aquel momento, el momento de la despedida, podía sentir la tensión de nuevo.

—¿Pensarás en lo que te he dicho? —le rogó Vito.

—¿Cómo no iba a hacerlo?

—Por ahora, eso es todo lo que te pido. Debo irme a Santa Cecilia mañana. No puedo posponer más el viaje.

—Claro, lo entiendo. ¿Volverás a Nueva York después o tienes que irte a Roma?

—¿Tú prefieres que me vaya a Roma?

Eloise apretó el asa del bolso, con el corazón acelerado.

—Yo... creo que deberías volver a Nueva York —respondió en voz baja, como si le costase trabajo—. Dijiste que volverías... claro que podrías cambiar de opinión cuando estés en el Caribe.

—No voy a cambiar de opinión —dijo él. No había vacilación en su voz, solo una total certeza—. No quiero que volvamos a discutir. Nunca volveré a ocultarte nada, te lo prometo.

Eloise sintió que le ardía la cara cuando las largas pestañas velaron los ojos oscuros. Se mantuvo inmóvil mientras Vito inclinaba la cabeza para buscar sus labios, que temblaron bajo la breve caricia. Hacía tanto tiempo que no la besaba...

–Vito, yo... –empezó a decir cuando se apartó.

Pero... ¿qué podía decirle?

El ruido de la puerta hizo que diera un respingo. Un segundo después, Johnny corría hacia el coche, seguido de Laura Carldon.

Vito dejó escapar un suspiro de resignación cuando Johnny subió al coche y se sentó sobre sus rodillas, agarrando el volante con gesto entusiasmado.

–No he podido sujetarlo –se disculpó Laura–. Venga, granuja, baja de ahí.

Pero el niño no tenía intención de obedecer.

–Arranca el coche –le ordenó a Vito–. Por favor, por favor.

Él miró a su madre.

–¿Te importa si lo llevo hasta la verja de entrada? Tendré mucho cuidado.

–¡Sí, sí! –gritó Johnny, emocionado–. Vamos, venga.

–Eres un niño con suerte –dijo su madre mientras cerraba la puerta del coche.

–No te muevas o Vito no podrá arrancar –le advirtió Eloise.

Johnny se quedó muy quieto, sujetando el volante con las dos manos mientras Vito arrancaba y pisaba ligeramente el acelerador para que el motor emitiese su característico rugido. Luego tomó el camino despacio, con las manos sobre las manitas del niño. Johnny se reía, sintiéndose en su elemento.

Eloise observaba al niño sentado en las rodillas de Vito y a él aconsejándole cómo mover el volante. Tenía un nudo en la garganta, pero debía disimular.

La expedición no duró mucho. Pronto volvieron a la puerta y Vito dejó que Johnny tocase el claxon antes de sacarlo del coche para devolvérselo a su madre.

—Gracias —dijo Laura—. Como ves, mi hijo está obsesionado con los coches. ¿Qué tienes que decir, jovencito?

—Gracias, gracias, gracias —se apresuró a decir Johnny.

Vito le alborotó el pelo.

—De nada, ha sido un placer. Es un niño estupendo, Laura.

Eloise estaba muy quieta, mirándolo. Tenía una expresión extraña, como si estuviera a miles de kilómetros de allí y, simultáneamente, totalmente concentrada en él.

—Se te dan bien los niños —dijo Laura Carldon, mirando a Eloise, que seguía con esa expresión como transfigurada—. Los italianos son hombres muy familiares, ¿no? Cuando te llegue el turno, será algo natural para ti.

Su tono era despreocupado, pero de nuevo a Vito le pareció que miraba a Eloise mientras lo decía.

—No lo sé, supongo que sí.

—¿Quieres entrar para tomar una copa? Mi marido llegará enseguida. Está jugando al golf.

Vito negó con la cabeza.

—Muchas gracias, pero tengo que irme. Me voy a Santa Cecilia mañana a primera hora para supervisar la construcción de nuestro último hotel y quiero revisar unos documentos.

–Pero luego volverás a Nueva York, ¿no? –le preguntó Laura.

De nuevo, le pareció que miraba disimuladamente a Eloise, que seguía quieta, con una expresión indescifrable.

–Desde luego –le aseguró con una sonrisa.

–¿Volverás el próximo sábado?

–Sí, creo que sí.

–Estupendo. Entonces tienes que venir a cenar, o tal vez a comer –Laura miró a su hijo, que tiraba de su mano–. Espera un momento, cariño...

–Espero que tengas un buen viaje y que todo vaya bien en Santa Cecilia –le dijo Eloise, sintiéndose violenta. Más que violenta.

–Gracias, seguro que sí. La inauguración será el mes que viene. Tal vez podrías venir... si puedes tomarte unos días de vacaciones.

–Desde luego que sí –se apresuró a intervenir Laura, entusiasmada–. Por supuesto que tendrá unos días libres.

–Gracias –dijo Vito.

Pero ¿querría Eloise ir con él?

«¿Lo que le he dicho era lo que ella esperaba escuchar?».

–Bueno, os dejó para que os despidáis –dijo Laura entonces–. No tengas prisa, Ellie.

Su jefa se despidió, recordándole la invitación para el sábado, y le deseó buen viaje antes de entrar en la casa.

Vito miró a Eloise, que apretaba el asa del bolso

como si no supiera qué hacer. Sonriendo, tomó sus manos y se las apretó ligeramente, mirándola a los ojos.

–Gracias por este día. Ha sido muy importante para mí –le dijo–. Piensa en lo que he dicho, te lo suplico. Estoy completamente seguro de mis sentimientos y quiero un futuro contigo, Eloise. Quiero que siempre estés a mi lado, que vivamos juntos. No tengo dudas ni preguntas. Lo que pasó entre nosotros, esa pesadilla en Roma, solo ha servido para que esté absolutamente seguro de ello –agregó, poniendo el corazón en sus palabras–. Lo eres todo para mí y siempre será así. Tómate el tiempo que quieras antes de darme una respuesta. El sábado, cuando vuelva a Nueva York, o el año que viene, siempre estaré esperando.

Eloise le sostuvo la mirada durante unos segundos y sintió de nuevo la oleada de felicidad que había sentido en el coche, antes de que Johnny apareciese.

Había sido tan bueno con el niño... Natural, como había dicho Laura.

Se le hizo un nudo en la garganta cuando Vito se llevó su mano a los labios para besar sus dedos, uno tras otro. Experimentaba una sensación de felicidad que la transformaba.

–Ay, Vito... –empezó a decir, con voz estrangulada, apretando su mano por última vez antes de apartarse.

Un segundo después lo vio subir al coche y bajar la ventanilla para apoyar el codo mientras arrancaba el motor. Él giró la cabeza para mirarla de nuevo, una mirada cálida, suave, llena de emoción.

–Mi Eloise –musitó.

Luego se despidió con un gesto y el coche empezó a moverse, alejándose por el camino de entrada antes de desaparecer cuando se abrió la verja.

Ella siguió mirando hasta que no pudo soportarlo más, pero en su cabeza seguía oyendo el eco de sus últimas palabras:

«Mi Eloise».

Por suerte, Laura Carldon no la interrogó sobre Vito. Eloise necesitaba estar sola para ordenar sus conflictivas emociones, pero, cuando entró en la cocina, Maria la recibió con una sonrisa de oreja a oreja, convencida de que Vito Viscari había cruzado el Atlántico para pedir su mano.

Pero Eloise sabía que no era tan sencillo. No debía sacar conclusiones precipitadas y, sobre todo, no debía dejarse llevar por la emoción, por el eco de esas palabras que habían quedado grabadas en su corazón:

«Mi Eloise».

Porque ya no se trataba solo de ella. Era mucho más. Su madre se había enamorado locamente de su padre, pero al final ese amor había sido desastroso. Y no solo para su madre, sino para ella también.

«Yo no puedo cometer ese error».

Había demasiado en juego y debía estar completamente segura.

Inquieta, incapaz de conciliar el sueño, paseó por el dormitorio durante horas, sabiendo de la importancia de la decisión que debía tomar y que podría no ser la que quería tomar.

Por el monitor oyó a Johnny murmurando en sueños. Seguramente estaba soñando con el Ferrari, pensó.

Y entonces recordó a Laura elogiando la actitud de Vito con el niño.

«¿De verdad puedo estar segura de él?».

No podía retrasarlo más. Cuando volviese del Caribe pondría el futuro en sus manos, se lo contaría todo. Todo lo que llevaba en el corazón y más, mucho más.

«Y espero que se sienta tan feliz como yo».

Su jefa volvió a Long Island el viernes por la noche, después de una semana de trabajo, y dejó claro que esa era, en su opinión, la decisión más acertada.

—Vito y tú tendréis la casa para vosotros solos hasta el domingo. John y yo hemos quedado mañana con unos amigos para cenar y dormiremos en Manhattan. Maria y Giuseppe tienen intención de visitar a su hija, así que os dejaremos en paz durante un par de días. Claro que no puedo llevarme a Johnny.

—No, claro —murmuró ella, un poco avergonzada.

—Ellie, tú has visto cómo se portaba con Johnny. Estoy segura de que Vito será un padre estupendo. Lo vuestro no es solo un tempestuoso romance. Es un hombre familiar y cariñoso, así que no lo dejes escapar.

Después de eso se marchó, sin darle ocasión de replicar. Y Eloise no podía dejar de recordar sus palabras:

«Es un hombre familiar y cariñoso, así que no lo dejes escapar».

Al día siguiente sabría cómo iba a ser el resto de su vida, pensó, con un nudo en el estómago.

Un nudo que no se deshizo hasta que el Ferrari de Vito apareció por el camino el sábado por la mañana. Johnny bajó corriendo al vestíbulo, donde Vito estaba dándole a Giuseppe una botella de champán para que la metiera en hielo. El niño, por supuesto, le suplicaba que lo llevase a dar una vuelta en el coche.

Vito se inclinó para alborotarle el pelo.

—Desde luego que sí —le prometió—. Pero ahora mismo no puedo.

Luego se irguió y miró hacia la escalera, donde Eloise esperaba.

Sus ojos brillaron al verla y ella tuvo que agarrarse con fuerza a la barandilla para no perder el equilibrio. Porque debía ser firme. No era el momento de correr escaleras abajo para echarse en sus brazos.

Recordaba la semana anterior, cuando Vito apareció en Long Island de repente. Recordaba cómo se le había acelerado el corazón, su incredulidad al verlo allí en carne y hueso después de esos meses llenos de angustia. Recordaba que se había quedado paralizada, temblando, dudando de él.

Qué diferente era aquel momento.

—Eloise...

Ella estaba bajando por la escalera para reunirse con él. Aquel día, sabiendo que iba a verlo, se había puesto un vestido granate que destacaba su busto, sujeto por unos finos tirantes.

Y Laura, que había ido a su habitación antes de marcharse con su marido a Manhattan, lo había aprobado.

—Te queda ideal. Y mañana, cuando vuelva, quiero que lo hayas solucionado todo, Ellie —le dijo, como una hermana mayor—. Y también espero ver en tu dedo un anillo de diamantes del tamaño del Ritz, ¿de acuerdo? Aunque tal vez, en estas circunstancias, el Ritz no sea el hotel más apropiado.

Riendo, se había despedido poco después.

Ahora, mientras bajaba las escaleras, Eloise podía sentir los pliegues del vestido rozando sus piernas desnudas y la larga melena cayendo por su espalda. Se había maquillado de forma sutil, pero destacando el azul de sus ojos y el bronceado adquirido durante el verano. Y sabía que el brillo de los ojos oscuros de Vito era para ella y solo para ella.

«Y siempre será así».

Sonrió, divertida, cuando Vito dio un paso adelante y tomó su mano para besarla. Tras ellos, Giuseppe entró en la cocina, dispuesto a contárselo todo a su mujer.

«El amante viene a reclamar a su amada y tener su final feliz».

Experimentó una oleada de emoción que tiraba de ella como la marea al recordar el consejo de Laura. Y sentía un anhelo en su interior, el anhelo de decirle a Vito lo que quería decirle.

«Pero debo elegir el momento adecuado. Más tarde, cuando estemos solos».

Giuseppe asomó la cabeza en el vestíbulo para decirles que serviría el almuerzo frente a la piscina en media hora y Johnny aprovechó la oportunidad para exigir a Vito que subiera a su habitación a ver su extensa colección de coches de juguete.

De modo que subieron a la habitación y Eloise los observó jugar durante un rato. Vito estaba sentado en la alfombra, haciendo carreras de coches con el niño, y la emoción creció dentro de ella.

«Será un padre estupendo».

Recordaba las palabras de Laura y sabía que era cierto. Y eso significaba...

Entonces sonó el telefonillo interno y, unos segundos después, se volvió hacia Vito y Johnny.

–El almuerzo está listo.

Maria y Giuseppe estaban poniendo la mesa en la terraza, frente a la piscina. Maria sonreía de oreja a oreja mientras charlaba con Vito en italiano. Solo tenía ojos para él.

Eloise tuvo que prestar atención al niño, ayudándolo a cortar el pollo asado y dejando que él mismo sirviera el agua de una jarra como un hombrecito.

Cuando Maria y Giuseppe volvieron a la cocina, Vito sacó la botella de champán del cubo de hielo y sirvió dos copas.

–Por nosotros –dijo levantando la suya.

El sencillo brindis la retaba a negar que hubiera un «nosotros», pero no lo hizo y eso lo animó.

«Va a decir que sí, sé que lo hará. No deja de sonreír y eso solo puede significar una cosa».

Vito la miró por encima de su copa. La vio tomar un sorbo de champán y sintió una felicidad que no había sentido en toda su vida. Todo era perfecto, absolutamente perfecto.

«Eloise, mi Eloise».

Charlaron con Johnny mientras comían, pero Eloise sabía que otra conversación estaba teniendo lugar. Una conversación muda entre Vito y ella que llevaba a la revelación que le haría más tarde, cuando encontrase el momento perfecto.

Pero antes de eso, inevitablemente, tendría lugar la sesión de juegos en la piscina.

Ver a Vito en bañador, descubriendo su esculpido torso, sus largos y poderosos muslos, devolvió el color a sus mejillas. Eloise experimentó una cruda oleada de deseo, recordando las noches que habían pasado juntos en Europa.

Mientras jugaba con el niño en el agua, no podía apartar los ojos de él. Vito quería que se metiese en la piscina con ellos, pero Eloise se negó, poniendo como excusa que estaba llena después de comer y se sentía demasiado perezosa como para jugar en el agua.

Tomando el último sorbo de la única copa de champán que podía permitirse, aprovechó la oportunidad para comerse a Vito con los ojos.

No podía dejar de recordar su viaje con él, día tras día, noche tras noche. Sí, había sido un romance de ensueño, pero a partir de ese momento sería mucho más.

Y seguía escuchando las palabras de Laura Carldon: «Es un hombre familiar y cariñoso, así que no lo dejes escapar».

Y no lo haría. Mantendría a Vito cerca de ella, en su corazón, a su lado, durante el resto de su vida. Sus miedos no tenían fundamento. Cuando se lo dijera, Vito la tomaría entre sus brazos, exultante de alegría.

Estaba emocionada, feliz, ansiosa de quedarse a solas con Vito.

—¡Tengo sed!

La vocecita de Johnny desde la piscina la despertó de su ensueño.

Vito salió del agua con el niño en brazos y Eloise tuvo que disimular su emoción mientras le daba un vaso de zumo, que Johnny se tomó ruidosamente. Luego lo envolvió en una toalla y lo sentó a su lado en la hamaca para secarlo.

El niño intentó disimular un bostezo.

–Hora de la siesta –anunció Eloise.

Iban a subir a la habitación cuando Maria salió de la cocina para anunciar que ella se encargaría de Johnny, prácticamente empujándolos de vuelta al jardín.

Cuando Vito tomó su mano, el gesto le pareció tan natural que no protestó. Se sentaron en un balancín frente a la piscina y, aunque intentó disimular, tenía el pulso acelerado. El momento estaba tan cerca...

Sintió el roce de sus dedos en la espalda. Le estaba acariciando el pelo, enviando estremecimientos por todo su cuerpo.

–Eloise... –empezó a decir con voz ronca.

El brillo de sus ojos oscuros parecía fuego líquido. El deseo era flagrante. No tenía que hablar y ella tampoco lo hizo mientras le levantaba la cara con las manos para mirarla a los ojos. Con infinita lentitud, infinita ternura, rozó sus labios con un dedo mientras la empujaba hacia él con la otra mano.

Debería decir algo, pedirle que parase. Debería decir lo que tenía que decir, lo que había esperado contarle durante tanto tiempo, pero no se atrevía. Quería esperar hasta que supiera con total certeza que era el momento.

Vito estaba inclinando la cabeza, pronunciando su nombre en voz baja antes de apoderarse de sus labios, y Eloise cerró los ojos para concentrarse en la deliciosa sensación de su boca, como una fuente de agua en un árido desierto. Sin darse cuenta, levantó una mano para ponerla en la fuerte columna de su cuello, rozando su pelo, moldeando la forma de su cabeza con la palma de la mano.

El beso se volvió crudamente apasionado y ella dejó escapar un gemido de placer. Vito se apartó entonces, haciendo un esfuerzo sobrehumano.

–*Per Dio*, te he echado tanto de menos...

Su voz era ronca, jadeante, despertando mil recuerdos de sus noches de pasión. Eloise se mareó, sintiendo que sus pechos se hinchaban, que sus pezones se levantaban como por voluntad propia.

¿Cuánto tiempo había pasado desde la última vez que estuvo entre los brazos de Vito? Demasiado tiempo.

Se le aceleró la respiración y, dejándose llevar por el ansia que le despertaban sus caricias, empujó su cabeza para besarlo de nuevo sin decir nada, sintiendo solo que lo deseaba, que lo necesitaba en ese instante.

Él respondió aplastando su boca, estimulando mil terminaciones nerviosas mientras la besaba de forma posesiva. Era suya, toda suya, y Vito era de ella.

«Mío para siempre».

Esas palabras la hicieron sentir exultante. El mundo desapareció. Solo existían Vito y ella misma. Solo su cuerpo, anhelando que la poseyera como la había poseído tantas veces. Se movió hacia él, deseando con primitiva urgencia aplastar sus hinchados pechos contra el torso masculino.

Vito dejó escapar un rugido mientras devoraba su boca, acariciando su cuello y el nacimiento de sus pechos con la palma de la mano. Cuando rozó con el pulgar un erecto pezón ella gimió de nuevo, apretándose contra él.

Eloise se derritió cuando deslizó una mano por su costado para apretar sus caderas... y más abajo. El torrente de deseo hizo que pusiera una mano sobre la de

Vito, empujando suavemente contra el fino tejido del vestido.

Él deslizó entonces sus largos dedos hacia arriba, sobre la curva de su abdomen...

Y entonces se detuvo.

Se apartó un segundo después, mirándola con un gesto de incredulidad. El tejido del vestido se pegaba a la prominente curva de su abdomen, destacando claramente su contorno.

Vito empezó a hablar en italiano, palabras inconexas, atónitas, incrédulas.

Eloise se dio cuenta de lo que estaba viendo. Lo que ella había querido ocultar bajo anchos vestidos. Lo que miraba en ese momento con expresión horrorizada.

Y fue esa expresión horrorizada lo que, como un enorme ariete, destrozó sus ilusiones y sus esperanzas.

–¿Es mío? –le preguntó él con tono helado.

Esa pregunta fue como un puñal que desgarraba sus sueños, todo lo que había creído que había entre ellos. Lo que había esperado, anhelado.

Esa era la horrible, insoportable verdad. El miedo a su rechazo la había empujado cuando descubrió que irse de Roma no sería el final de su aventura con Vito. Que nunca terminaría porque las consecuencias seguirían con ella durante toda su vida.

Y durante toda la vida de su hijo.

Vito la miraba en ese momento con una expresión horrorizada, como ella había temido.

«Me está rechazando. Me rechaza como lo hizo mi padre».

–Creo que es mejor que te vayas –consiguió decir.

–¿Estás esperando un hijo mío?

Eloise apretó los labios. Había un agujero dentro de ella que se hacía más grande con cada segundo, amenazando con tragársela.

–¿De verdad crees que te habría dejado acercarte a mí de nuevo si estuviese esperando el hijo de otro hombre? –le espetó.

–¿Y cuándo pensabas contármelo?

La pregunta, formulada con tono seco, sonaba distante. Sin embargo, no había nada distante en la emoción que había nacido en él. Nada distante en la voz que gritaba en su cabeza:

«Está esperando un hijo mío. Mi hijo, nuestro hijo».

Su corazón enloqueció de asombro, de emoción, de alegría. Pero también de angustia.

–Hoy, más tarde –respondió Eloise, tragando saliva–. Iba a contártelo mientras Johnny dormía la siesta, pero entonces me besaste y...

Vito se quedó en silencio, mirándola. Su expresión le recordaba cómo la había mirado cuando entró en el bar del hotel que ya no era suyo. Receloso, parecía receloso. Como si ella pudiese hacerle un daño irreparable. Como si ya se lo hubiera hecho.

Otra vez.

Alargó una mano hacia él, pero estaba demasiado lejos.

–Vito, yo... –empezó a decir, con tono desesperado.

Pero Vito se negaba a escuchar porque una tormenta rugía dentro de él. Tenía que preguntarle, tenía que saber, aunque no era eso lo que quería.

«Abrázala, envuélvela en tus brazos. Abrázala y abraza al hijo que está esperando para demostrarle que son inseparables».

Pero tenía que saber.

–¿Por qué no me dijiste nada? ¿Cómo has podido ocultármelo? –le espetó–. Podría haberme casado con Carla. ¿Es que no te das cuenta? Podría haberme casado con otra mujer –la acusó, airado–. ¿Cómo has podido ocultármelo? ¿Cómo te atreves a hacer tal cosa?

Si no hubiera ido a buscarla, si no la hubiese encontrado, Eloise habría tenido un hijo suyo sin que él supiera nada. Un hijo que no habría conocido a su padre, que se habría visto privado de su amor, de su devoción.

Recordó a su padre, al que tanto había querido, y para quien él lo había sido todo, su único hijo. Siempre lamentaría haberlo perdido antes de tiempo. Y él podría haber sido un padre apartado de su hijo, ignorante de su existencia.

«No habría sabido que tenía un hijo».

Su madre, desesperadamente triste desde la muerte de su marido, jamás hubiera sabido que tenía un nieto.

El dolor que sintió al pensar en lo que podría haber perdido era como un hierro candente. Un niño sin padre, sin saber nada de su abuela, siendo criado en un país extranjero por una mujer a quien le parecía aceptable negarle un hijo a su padre... negarle a su hijo un padre que lo habría querido con todo su corazón.

Eloise sintió que se le rompía el corazón. Nunca había sentido algo así. Vito había sido siempre maravilloso con ella, pero su furia estaba ahogándola de tal modo que no podía respirar. No podía hablar, no podía hacer nada más que mirarlo, consternada.

–Nos casaremos en cuanto sea posible –anunció él entonces–. Nuestro hijo no nacerá fuera del matrimonio. Eso es lo único que importa, nada más.

Vio que Eloise intentaba decir algo, pero no se lo permitió. ¿Qué podía decir para defenderse? Nada justificaba su silencio.

–Lo único que importa es que esperas un hijo mío y que si yo no hubiese venido a Nueva York no lo habría sabido nunca. ¿Cómo has podido hacerme esto, Eloise? Lo has sabido durante meses y no me has dicho nada... ¿qué clase de mujer hace algo así? ¿Qué clase de mujer le esconde un hijo a su padre?

Vito sacudió la cabeza, con una pesadez en el corazón. ¿Cómo podía ser Eloise la mujer que había creído que era, la que había anhelado que fuera?

Tenía que marcharse porque la tormenta que rugía dentro de él era incontrolable.

Eloise, pálida, alargaba una mano implorante hacia él, pero Vito dio un paso atrás.

–Tengo que irme. No puedo seguir hablando ahora...

No podía soportarlo, no podía hacer nada salvo darse la vuelta y cruzar el jardín, sintiendo que estaba a punto de estallarle la cabeza.

Le pareció que Eloise lo llamaba, pero no quería darse la vuelta. No lo haría. Solo podía subir al coche, arrancar el motor, perderse en el rugido atronador y marcharse de allí.

Pero en su cabeza daba vueltas una pregunta: ¿qué clase de mujer le ocultaba un hijo a su padre? La respuesta era como una sentencia, la muerte de todas sus esperanzas, de todos sus sueños.

Ninguna mujer a la que él pudiese amar.

Capítulo 10

D E ALGÚN modo, Eloise consiguió bajar del balancín, temblando de arriba abajo. No sabía cuánto tiempo había estado allí. El tiempo se había detenido. La vida se había detenido.

Sin darse cuenta, se llevó una mano al abdomen para tocar la suave curva que le había revelado la verdad. Aquel debería haber sido el momento en el que sellarían su promesa de estar juntos para siempre, sabiendo que su unión era inquebrantable. Por su hijo, por ellos mismos...

Contárselo iba a ser el momento más maravilloso de todos. El momento en el que le diría que confiaba en él, que quería vivir con él.

En lugar de eso...

Eloise empezó a sollozar. Estaba desmoronándose, temblando, las lágrimas rodaban por su rostro sin que pudiese evitarlo.

No sentía nada más que una profunda desolación. Era como la escena de pesadilla en Roma... no, peor, mucho peor.

Cuando por fin dejó de llorar porque ya no le quedaban más lágrimas, se abrazó a sí misma y miró la botella de champán, que parecía reírse de ella.

Entró en la cocina, pensando que Maria seguiría

arriba con Johnny, pero los encontró haciendo galletas. El niño estaba tan emocionado que no podía dormir y Maria había decidido darle un capricho. Johnny corrió a contárselo, pero cuando Eloise intentó sonreír solo le salió una mueca. Y se daba cuenta de que Maria la observaba con gesto de preocupación.

–¿Y el *signor* Viscari? –le preguntó.

–Ha tenido que irse a Nueva York. Recibió una llamada inesperada –consiguió decir ella.

Pero la mujer no se dejó engañar y sacudió la cabeza con expresión triste. Sacando fuerzas de flaqueza, Eloise esperó a que Maria sacase las galletas del horno y luego llevó a Johnny a su habitación.

–¡Pero yo quiero subir al Ferrari!

–Vito se ha ido, cariño –dijo ella, con el corazón encogido.

Se sentía desolada. Vito había hablado de matrimonio, pero ¿cómo iban a casarse cuando estaba furioso con ella? Horas antes había soñado con un final feliz, con Vito declarándole su amor y ella a él. Y luego, para coronar su felicidad, le diría lo que tanto anhelaba contarle: que ya habían sido bendecidos con un hijo.

Era imposible contemplar el matrimonio después de ver su horrorizada reacción.

«No puedo, no me casaré con él. Sería una catástrofe, un matrimonio tan desastroso como el de mis padres».

No dejaba de darle vueltas mientras jugaba con Johnny, urgiendo a Maria para que fuera a visitar a su hija. Porque necesitaba estar sola, meter al niño en la cama y luego ir a su habitación para llorar su pena.

En la cama, incapaz de conciliar el sueño, miraba el

techo mientras se acariciaba el abdomen. Todas sus esperanzas, todos sus sueños se habían hundido de nuevo.

«Como pasó en Roma».

Eloise abrió los ojos de repente, con el corazón acelerado. Se había equivocado en Roma. No había entendido el porqué del comportamiento de Vito.

«¿Y si estoy equivocándome de nuevo? ¿Y si estoy cometiendo el mismo error, arruinándolo todo sacando conclusiones precipitadas?».

Recordó lo que él había dicho, su expresión abatida antes de irse.

«¿Qué clase de mujer le esconde un hijo a su padre?».

Esas habían sido sus últimas palabras de condena. No le había dado tiempo a responder, no le había dado la oportunidad de explicarse.

Pero había querido hablarle del miedo que la perseguía desde que supo que estaba embarazada. Un miedo cuya raíz estaba en su infancia, en el dolor por el rechazo de su padre.

«El miedo de que también Vito me rechazase».

Por eso había guardado silencio cuando Vito la encontró. Por eso había tenido miedo de contarle la verdad.

«Y eso es lo que tengo que decirle».

Un nuevo rayo de esperanza desafiaba la desesperación que la había consumido desde que Vito se marchó. Pero no se rendiría, decidió. No dejaría que la ira de Vito fuese el último clavo en el ataúd de sus sueños.

Se había equivocado con Vito una vez, juzgándolo mal por su compromiso con Carla. Y había vuelto a equivocarse al no contarle la verdad de inmediato.

¿La escucharía si iba a buscarlo de nuevo? No tenía ni idea. Solo sabía que si quería una oportunidad de ser feliz tenía que intentarlo. Había demasiado en juego.

Vito miraba las copas de los árboles del oasis verde de Central Park desde la ventana de su suite, como había hecho unos días antes, cuando Eloise fue a buscarlo.

Se había hecho tantas ilusiones ese día, pero sus esperanzas habían muerto para siempre. Eloise no era la mujer que él había creído. Le había ocultado algo tan importante como un hijo, lo más importante de todo.

«¿Cómo ha podido hacerme eso? ¿Cómo ha podido charlar conmigo, sonreírme, bromear, dejar que la besase, sin contarme que estaba esperando un hijo mío?».

Había estado a punto de casarse con Carla, pensó, sintiendo un escalofrío. Si no hubiese encontrado la presencia de ánimo para negarse, para alejarse de aquel fatídico pacto con ella y su madre, podría estar casado. Sin saber que había engendrado un hijo con Eloise, un hijo que nacería mientras él estaba atrapado en un matrimonio sin amor, esperando la anulación una vez que Carla hubiera salvado su orgullo.

Eloise se había negado a escucharlo cuando fue a buscarla a casa de los Carldon y solo había vuelto a su lado cuando su jefe le contó que Falcone se había hecho con la mitad de los hoteles de la cadena Viscari. Vito hizo una mueca. Y aun así, no le había contado que estaba esperando un hijo suyo. Aun así, lo había guardado en secreto.

«¿Qué clase de mujer le oculta un hijo a su padre?».

La condenaba por ello, pero esa condena era como una espada que destruía todas sus esperanzas, todos los sueños de recuperar a Eloise. Su Eloise.

«Pero ella no es esa mujer. No es la mujer que yo creía que era».

Lo único que podría haber entre ellos era un formal y vacío matrimonio, una farsa como la que había contemplado con Carla.

Qué terrible ironía.

El sonido del teléfono interrumpió sus sombríos pensamientos. Descolgó el auricular, pensando que sería el empleado de recepción para decirle que la limusina del hotel estaba lista para llevarlo al aeropuerto.

Volvía a Roma, no para hablarle a su madre de una feliz boda, sino para decirle que debía unirse legalmente a Eloise porque no quería que su hijo naciese fuera del matrimonio.

Pero un segundo después se quedó inmóvil. Era una llamada de recepción, pero no la que él esperaba. Lentamente, colgó el teléfono con una sensación de *déjà vu*.

Eloise había ido al hotel.

Vito apretó los labios. ¿Qué podría querer decirle después de lo que había hecho?

Eloise se llevó una mano al abdomen, haciendo un esfuerzo para contener los locos latidos de su corazón mientras subía a la suite en el ascensor. El periodo de náuseas había pasado por fin, pero tenía un nudo en el estómago.

«Tengo que intentarlo».

Al ver a Vito en la puerta de la suite, dando un paso atrás para dejarla pasar, se le se encogió el corazón.

–Querías verme –dijo con expresión helada.

Aquel día se había puesto un vestido ajustado que revelaba lo que hasta entonces había intentado ocultarle y vio un brillo en sus ojos. Pero... ¿de qué, de ira, de ilusión, de rechazo?

Eloise entró en la suite y se armó de valor. Tenía que encontrar las palabras justas. Todo dependía de ello.

«He sido demasiado precavida, temiendo decírselo antes de estar preparada para ello, pero ahora la precaución es mi enemigo».

–Vito, tengo que hablar contigo.

–No veo la necesidad –dijo él–. Lo único que debemos hacer es casarnos inmediatamente y legitimar al hijo que esperas.

Su tono era frío, seco, contradiciendo sus verdaderas emociones. Porque cuando Eloise entró en la suite había experimentado una emoción que no había sentido nunca. No solo por volver a verla, con el pelo rubio apartado de la cara y su hermoso rostro sin una gota de maquillaje, sino porque por primera vez podía ver claramente a Eloise embarazada de su hijo.

«Nuestro hijo».

–Vito, por favor, escúchame. Te lo suplico –empezó a decir ella, con voz temblorosa–. Sé que yo me negué a escucharte, pero, por favor, dame una oportunidad.

–Muy bien.

–¿Puedo sentarme?

No esperó respuesta antes de dejarse caer sobre el sofá, agarrándose al bolso como si fuera un salvavidas. Al hacerlo, rozó su abdomen, bajo el que crecía su precioso hijo. El hijo cuyo futuro estaba en juego en ese momento.

–¿Qué hay que explicar? Tus actos hablan por sí solos. No eres la mujer que yo creía que eras. ¿Cómo podrías serlo después de lo que has hecho?

Eloise tragó saliva. «He guardado silencio durante demasiado tiempo, ahora debo hablar».

Después de una noche dando vueltas y vueltas en la cama, se había levantado para pedirle a Maria que cuidase de Johnny hasta que volvieran sus padres. Luego, durante el viaje en tren a Manhattan, había llamado a su madre para preguntarle si podía dormir en su apartamento esa noche, pero no estaba en casa. Con voz estrangulada, le había dejado un mensaje, diciendo que tal vez iba a necesitar un abogado.

Porque casarse con Vito cuando pensaba tan mal de ella, cuando la miraba como si fuese un extraño, sería imposible. La única solución era una dolorosa separación y encontrar el modo de compartir a su hijo.

A menos que...

Tenía que intentar recuperarlo. Había demasiado en juego.

–Vito, quiero hacerte entender por qué no te conté que estaba embarazada. Al principio, cuando lo descubrí, me quedé desconcertada, incrédula. Gracias a los contactos de mi madre conseguí el puesto en casa de los Carldon y, por supuesto, tuve que explicarles la situación. Se portaron de maravilla conmigo, incluso me ofrecieron que siguiera trabajando allí cuando naciese el niño. Mi madre también me ha apoyado y se lo agradezco, pero era por mi madre por lo que nunca me puse en contacto contigo.

Vito frunció el ceño. Le dolía tanto verlo así, conde-nándola cuando un día antes se había mostrado tan im-paciente por tenerla a su lado.

«Lo he perdido y no sabía lo importante que era para mí».

–¿Por qué? –le preguntó él por fin.

Ella tragó saliva, clavándose las uñas en las palmas de las manos.

–Nunca te he hablado de mi infancia, de mi madre, pero tengo que hacerlo –empezó a decir, tomando aire–. Mis padres tuvieron un apasionado romance y se casaron unos meses después de conocerse. Pensaban que serían felices para siempre, pero no fue así. No te-nían nada que ver el uno con el otro, no se entendían. Mi madre era una mujer trabajadora, mi padre quería una esposa tradicional y... –Eloise tragó saliva–. Él que-ría una gran familia, con muchos hijos. Mi madre no era nada maternal, sigue sin serlo. Cuando nací, le dijo a mi padre que no tenía intención de volver a quedarse embarazada, que no le daría el hijo que tanto anhelaba, así que él la dejó. Se fue a Australia, pidió el divorcio y volvió a casarse con una mujer dispuesta a quedarse en casa, criando a una gran familia... todos chicos –le contó, recordando el erial de su infancia.

Miraba a Vito, pero estaba viendo a un hombre al que no había conocido y al que nunca conocería; un hombre que no la había querido, que la había rechazado.

–No lo conozco –siguió–. Si pasara a mi lado en la calle no sabría que es él. Es un extraño para mí. Se negó a mantener ningún contacto, me apartó de su vida como si no existiera. No estaba interesado. Al final, mi madre se alegró de que se hubiera ido porque de ese modo podía hacer su vida. Me crio durante su tiempo libre, que no era mucho, con ayuda de niñeras –le dijo, encogiéndose de hombros–. Siempre se encargó de que estuviese bien cuidada, pero no por ella. Me quiere a su modo, y yo a ella, pero nunca hemos tenido una relación normal –se levantó entonces, inquieta de repente, para pasear por la habitación, intentando encontrar las palabras. Vito estaba inmóvil, siguiéndola con la mirada–. Por mi padre, por su absoluta falta de interés en mí, cuando descubrí que estaba embarazada lo primero que pensé fue en él...

–Yo no soy tu padre –la interrumpió Vito.

–Yo pensaba que ibas a casarte con otra mujer. Esa era la verdad con la que me enfrentaba cuando descubrí que estaba embarazada.

–*Per Dio!* ¿Crees que me habría casado con Carla, que hubiera aceptado siquiera esa farsa de compromiso de haber sabido que esperabas un hijo mío? Eso es lo que me dejó horrorizado, Eloise, que podría haberme casado con Carla. ¡Podría haberme casado con otra mujer!

–Pero yo no lo sabía. Lo único que sabía era que estabas comprometido con ella. ¿Cómo iba a saber que ese compromiso era una mentira?

–Intenté decírtelo, pero te negaste a escucharme.

Eloise cerró los ojos un momento, como reconociendo la justicia de esa acusación.

–Sí, lo sé. Si no me hubiera ido de Roma...

No terminó la frase. ¿De qué servía recordarlo? El pasado ya no importaba, lo que importaba era el futuro y eso era lo que debía salvar.

–Pero me fui de Roma y tuve que enfrentarme a un

futuro sin ti. ¿Qué podía hacer? Tú estabas comprometido con otra mujer, ibas a casarte. Haberte dicho que estaba embarazada no hubiera servido de nada. ¿Cómo iba a querer un marido que habría tenido que casarse conmigo a la fuerza? No te habrías casado conmigo por propia voluntad, sino para legitimar a un hijo que no tenías intención de engendrar. ¿Qué clase de matrimonio hubiera sido, Vito? Habrías sido un marido forzado, un padre forzado.

Vio que intentaba interrumpirla, pero no se lo permitió. Siguió porque tenía que decirlo todo, por amargo que fuera.

—Decidí olvidarme de ti, tuve que hacerlo. Tenía que enfrentarme sola con el futuro, como había hecho mi madre. Solo cuando supe la verdad sobre tu compromiso y sobre la pérdida de la mitad de tus hoteles, entendí que me había equivocado. Y he estado reflexionando desde ese momento. Todos los días —le dijo, mirándolo con infinita pena—. Me cortejabas con cada mirada, con cada sonrisa, y todo empezó a nacer de nuevo. Empecé a hacerme ilusiones otra vez. Cuando me dijiste que no querías revivir el pasado, sino mirar hacia delante supe que todo estaba cambiando para siempre. Pero ¿sería eso suficiente? Mis padres estuvieron locamente enamorados, pero sus distintas formas de ver la vida los separaron. ¿Y si a nosotros nos pasaba lo mismo? ¿Y si el hijo que tanto quería, que era tan precioso para mí, era lo último que tú deseabas? —Eloise sacudió la cabeza—. ¿Cómo iba a saber que tú no serías como mi padre? Eso era lo que me impedía contártelo. Tenía que saber que no serías como él antes de confiarte mi vida y la de nuestro hijo. Me había hecho ilusiones cuando estábamos en Europa, preguntándome si tú serías el hombre de mi vida, solo para llevarme un golpe cuando Carla apareció, así que no podía arriesgarme cuando la felicidad de nuestro hijo estaba en juego –Eloise hizo una pausa y su expresión se suavizó–. Cuando te vi con Johnny, lo natural que eras con él, tan afectuoso y paciente... eso me confirmó lo que creía sobre ti y me hizo confiar en que serías un buen padre. Entonces supe que por fin había llegado el momento de contártelo y pensé que recibirías la noticia con alegría. Y en cambio...

Vito no había movido un músculo. Estaba impasible como una estatua, con expresión cerrada, rechazándola. Rechazando lo que estaba contándole, rechazando su ruego.

–En cambio reaccionaste con horror –siguió Eloise–. Te mostraste horrorizado al descubrir que estaba embarazada y pensé que todos mis miedos habían estado justificados.

Se quedó callada después de eso. Había dicho todo lo que quería decir.

–Me quedé horrorizado porque lo habías guardado en secreto, no por el embarazo –el tono de Vito era remoto, como si llegase desde muy lejos–. Eso es lo que me horrorizó, por eso te condené.

Después de decir eso se quedó en silencio, pero ella tenía que hacer una última pregunta.

–¿Y sigues condenándome después de saber por qué no te lo conté?

–No lo sé –respondió Vito después de tomar aire. Un millón de pensamientos daban vueltas en su cabeza, un millón de emociones–. ¿Qué es lo que quieres, Eloise?

–¿Qué es lo que quiero?

Sus propios pensamientos respondieron a esa pregunta:

«Quiero mi final feliz, el que he anhelado toda mi vida. Mi ilusión desde niña ha sido encontrar al hombre de mi vida, enamorarme, formar una familia y vivir feliz para siempre».

Pero ¿era eso posible? Se había preguntado si Vito sería ese hombre, pero todo se había derrumbado en Roma. Y allí, en Nueva York, cuando parecía tenerlo a su alcance de nuevo, todo había vuelto a derrumbarse.

Y ahora...

«Tal vez lo que he anhelado durante toda mi vida es solo un sueño. Quería recrear el matrimonio de mis padres como debería haber sido para poder tener la infancia que anhelaba. Tal vez por eso me agarraba a ese sueño».

Miró a Vito entonces. Con él había sentido tantas emociones: felicidad, ilusión, desesperanza, rechazo, miedo. Pero de todas esas emociones contradictorias, ¿qué emoción quedaba?

Podía ponerle nombre. Lo sabía porque era la emoción que experimentaba cada vez que se llevaba una mano al abdomen para acariciar la vida que crecía dentro de ella.

Pero si no era lo que Vito sentía, entonces no debía decirlo.

«Cobarde. No te atreves a decírselo porque temes que te rechace. Fue su rechazo en Roma lo que te rompió el corazón y su rechazo de ayer. Pero Vito no es tu padre, así que díselo, dile lo que quieres».

Sus vidas estarían unidas para siempre por el hijo que esperaba. Su hijo era un lazo inquebrantable, pero había otra razón que la uniría a Vito hasta el final.

–Quiero tu amor. Deseo que me quieras como yo te quiero.

¿Qué diría Vito? ¿Cuál sería su respuesta? No podía ver su cara porque había bajado la cabeza, pero cuando habló por fin su voz era extraña, tan extraña...

–Durante toda mi vida he querido encontrar a una mujer a la que quisiera tanto como mi padre quiso a mi madre. Su matrimonio me parecía todo lo que un matrimonio debía ser. Cuando perdí a mi padre fue... insoportable. Sigue siéndolo. Lo echo de menos cada día, aunque soy un hombre adulto. Un padre es para siempre –declaró. Cuando levantó la cabeza, Eloise vio una velada emoción en sus ojos–. Por eso fui tan duro contigo ayer. Me resultaba insoportable pensar que podrías haberme arrebatado a mi hijo, que podrías haber pensado que un hijo no necesitaba un padre, que no me necesitaba a mí.

–Pero no es eso, por eso temía decírtelo. Si tú lo hubieras rechazado, como mi padre me rechazó a mí, el mundo se habría hundido bajo mis pies.

–¡Nunca! Te juro que nunca rechazaría a nuestro hijo. Y nunca, jamás, podría rechazarte a ti –Vito dio un paso hacia ella y tomó sus manos–. ¿Me quieres, Eloise?

–Sí, claro que sí. Pero no quiero obligarte a nada...

Vito la interrumpió con un beso, silenciando sus dudas.

–Eloise, mi preciosa Eloise, mi querida Eloise. ¿Cómo has podido pensar que no querría a nuestro hijo? Ahora entiendo tus miedos, pero no deberías haber temido ni por un momento. Fue mi propio miedo lo que me hizo condenarte. Pensar en lo que podría haber

sido... que mi hijo creciese aquí, lejos de mí, sin cono-
cerlo, apartado de mí por la mujer de la que me había
enamorado.

–Si te lo hubiera dicho antes...

–Si yo te hubiese dejado hablar. Si te hubiera dejado
contarme tu secreto.

Ella tragó saliva.

–Y si yo te hubiera dejado hablar a ti en Roma, si te
hubiera dejado contarme la verdad sobre Carla, sobre
esas acciones...

Él se rio, sin poder disimular su amargura. Habían
estado a punto de perderse el uno al otro. De perder lo
más precioso que había entre ellos.

–Nunca más –le prometió–. A partir de este momento, *cara mia*, siempre nos escucharemos el uno al
otro.

Ella le ofreció una sonrisa vacilante. Había lágrimas
en sus pestañas, pero experimentaba una enorme alegría. Una enorme felicidad que la iluminaba desde dentro. Y entonces las lágrimas empezaron a rodar por su
rostro.

–Eloise...

Vito la abrazó y ella apoyó la cabeza en su hombro.
Tantas emociones, tantas esperanzas y miedos, tantos
sueños. Pero esos sueños se harían realidad. Vito era
suyo, se querían y su hijo sería de los dos para siempre.

Él la dejó llorar mientras la abrazaba, murmurando
palabras en italiano que contenían una vida entera de
amor.

Cuando derramó la última lágrima, Eloise experimentó una maravillosa sensación de paz. Los ojos de
Vito estaban llenos de ternura mientras depositaba so-

bre sus labios un beso suave como una brisa de verano, pero tan sincero como el amor que había entre ellos.

—Eres una bendición –le dijo–. Tenerte a ti y a nuestro hijo...

—Yo también me siento bendecida. Tenerte a ti... y a nuestro niño.

—¿Es un niño?

Eloise asintió con la cabeza, sonriendo de pura felicidad.

—Me hice la prueba porque no podía soportar el suspense. Y porque sabía que Johnny me lo preguntaría en cuanto supiera que estaba esperando un bebé –respondió–. ¿Cómo se llamaba tu padre?

La pregunta quedó suspendida en el aire. Él sabía por qué se lo preguntaba y la amó más por ello.

—Enrico –respondió por fin, con voz estrangulada.

—Enrico –repitió Eloise–. ¿Rico es un buen diminutivo para un bebé?

—Es perfecto para un bebé –respondió él, poniendo las manos sobre su abdomen.

—Rico –dijo ella con ternura.

Vito la besó de nuevo, sin apartar las manos de su abdomen. Eran una familia y siempre lo serían.

El discordante sonido del teléfono los sobresaltó y, a regañadientes, Vito se apartó para contestar. Pero un segundo después la miraba con el ceño fruncido.

—Tenemos visita. Está esperando en el vestíbulo –anunció–. Y quiere hablar contigo.

Eloise tomó el teléfono, sorprendida.

—He venido en cuanto escuché tu mensaje –dijo su madre con tono cortante–. Eloise, ¿se puede saber qué estás haciendo? ¿No habías decidido aceptar a ese hombre? Entonces, ¿a qué viene hablar de planes de custodia y abogados?

—Mamá, olvídate de eso. Todo está bien. De hecho, todo es maravilloso. Sencillamente maravilloso.

Pero su madre ya había cortado la comunicación.

—Era mi madre y tengo la impresión de que está a punto de aparecer.

Vito esbozó una sonrisa.

—Ya es hora de que la conozca.

—Te advierto que puede ser un poco aterradora.

—Estoy preparado —le aseguró él—. Y le dejaré claro que yo no me parezco nada a tu padre. Si quieres seguir trabajando, por mí no hay ningún problema. Aunque, por supuesto, espero que cuidemos de nuestro hijo. Y tal vez de otros hijos que tengamos más adelante. Si tú quieres, claro.

—Ay, Vito, todos los que queramos. Me encantan los niños.

Un golpe seco en la puerta interrumpió la conversación y Vito se apresuró a abrir.

La enérgica mujer que entró en la suite, impecablemente peinada y vestida con un elegante traje de chaqueta azul marino, lo miró de arriba abajo antes de dirigirse hacia su hija.

—¿Podrías explicarme qué está pasando?

—Todo está solucionado, mamá —respondió Eloise—. Y es maravilloso, fantástico.

Su madre la miró en silencio durante un momento y luego asintió con la cabeza.

—Muy bien. En ese caso, hay algo que Vito debe saber.

Se sentó en el sofá y sacó un sobre del bolso, que

dejó sobre la mesa de café. Sorprendidos, Vito y Eloise se sentaron a su lado, mirando el sobre con curiosidad.

–No te quedes mirándolo, ábrelo –dijo su madre, impaciente–. Eloise será la primera en decirte que no soy precisamente una madre cariñosa... eso se lo dejo a tu madre. Pero te aseguro que me tomaré mis responsabilidades como abuela muy en serio y espero que esto lo demuestre.

Vito abrió el sobre y sacó varios documentos. Después de leerlos por encima, miró a la madre de Eloise con expresión incrédula.

–No entiendo.

–Vito, ¿de qué se trata? –preguntó Eloise, asustada.

Él le entregó los documentos, sin dejar de mirar a su madre con cara de absoluta incredulidad. Eloise intentó descifrar la jerga legal, pero cuando lo hizo se quedó helada.

–¿Qué es esto? –le preguntó a su madre.

Ella se levantó, mirándolos con cara de satisfacción.

–Exactamente lo que parece –respondió–. Es un certificado por las acciones que pertenecían al tío de Vito y que ahora pertenecen a vuestro hijo.

–Mamá, ¿qué has hecho?

–Ay, por favor, Eloise, no seas tan obtusa. Es evidente. He comprado las acciones de Marlene Viscari.

–Pero las compró Nic Falcone. Y valen millones –intervino Vito, tragando saliva.

–No, en realidad fueron compradas en su nombre por un fondo de cobertura. Y yo ofrecí a ese fondo de cobertura un precio que no pudieron rechazar. Falcone no pudo decir una palabra, aunque creo que no le ha hecho ninguna gracia –dijo la madre de Eloise, cerrando el bolso con un decisivo chasquido–. Pero eso no es lo que importa. Las acciones son ahora propiedad de vuestro hijo, aunque vosotros seréis los apoderados hasta que el niño cumpla la mayoría de edad, por supuesto.

Vito estaba perplejo.

–Señora Dean, no entiendo...

La madre de Eloise levantó una mano en un gesto imperioso.

–No uso el apellido de mi exmarido. Me llamo Forrester. Mi desleal ex marido nunca tuvo nada que ver con mis negocios y no veo por qué iba a otorgarle ningún mérito.

Vito la miró, boquiabierto. Y entonces, por fin, lo entendió todo.

–Forrester. Cielo santo... Forrester Travis.

–Por el amor de Dios, Eloise, no me digas que no le has contado a qué me dedico.

Eloise se aclaró la garganta.

–Mi madre tiene una firma de inversiones con un colega llamado Travis.

–¿Tu madre es Susan Forrester? *Cara mia*, Forrester Travis es una de las firmas de inversiones más importunes del mundo. Tienen treinta mil millones de dólares en inversiones...

–Treinta y cuatro mil –lo corrigió Susan Forrester, una de las mujeres más influyentes de Wall Street–. Bueno, si mi hija no te había contado eso, al menos puedo estar segura de que no vas a casarte con ella por mi dinero.

Vito se levantó, aún atónito por el fabuloso regalo.

–Gracias –le dijo–. Se lo agradezco de corazón. Esto es importantísimo para mí.

–Era lo mínimo que podía hacer. Ya te he dicho que no seré una abuela demasiado cariñosa, pero lo único que deseo es que mi hija sea feliz –en su voz había cierta emoción, pero enseguida irguió los hombros–. Bueno, ahora que hemos solucionado este asunto, me voy. He quedado para comer con el presidente del Banco de Brasil y, evidentemente, aquí no hago ninguna falta. Vito necesitará tiempo para asimilar la situación y contarle a su madre que va a ser abuela. Estoy deseando conocerla y llegar a un acuerdo para organizar vuestra boda.

Eloise se levantó para abrazarla.

–Gracias, mamá –le dijo–. Muchas gracias por todo.

No pudo decir nada más porque tenía un nudo en la garganta. Solo podía abrazarla, esperando que ese gesto expresase su gratitud por lo que había hecho: mover su varita mágica de Wall Street y restaurar lo que la familia Viscari había perdido por culpa de Marlene. El legado por el que Vito había estado a punto de sacrificarse, el precio que había pagado por su amor.

«Renunció a ello por mí. Rompió la promesa que le hizo a su padre por mí».

Pero había sido recompensado por su sacrificio y ella se alegraba con todo su corazón. Estaba tan agradecida que se le llenaron los ojos de lágrimas y supo, con familiar ironía, cómo odiaría su madre que se pusiera tan sentimental.

–Qué boba eres, hija –dijo Susan Forrester. Pero lo había dicho con tono cariñoso, dándole una palmadita en la mano antes de mirar el reloj–. Tengo que irme. El coche me está esperando.

Se despidió de ellos con un simple gesto antes de salir de la suite, y Vito se volvió hacia Eloise.

–¿Esto es un sueño? –murmuró, mirando los documentos que había sobre la mesa. Los documentos que restauraban lo que las maquinaciones de Marlene le habían robado a su familia–. Tu madre ha hablado de una boda, pero... ¿eso es lo que tú quieres, *cara mia*?

Ella le echó los brazos al cuello.

–Solo si tú quieres.

A Vito se le iluminó el rostro.

–Es lo que más deseo.

Buscó sus labios tiernamente y luego, cuando Eloise le devolvió el beso, con más pasión.

–Si tu madre y la mía insisten en una boda fabulosa, podríamos tardar algún tiempo en organizarla –dijo después–. Así que tal vez podríamos adelantar la luna de miel –sugirió, con una sonrisa traviesa–. ¿Qué tal si estrenásemos el nuevo hotel Viscari de Santa Cecilia? ¿Crees que los Carldon te darían un fin de semana libre?

Eloise soltó una carcajada.

–Laura Carldon está desesperada por casarnos, así que no habrá ningún problema.

–Estupendo –dijo Vito–. Y hablando de los Carldon, ¿qué tal si ofrezco a Maria y Giuseppe unas vacaciones en el hotel Viscari que ellos elijan? Después de todo, de no ser por ellos nunca te habría encontrado.

Eloise lo abrazó con todas sus fuerzas. Pensar que podría no haberla encontrado nunca...

–Dime una cosa –siguió él–. ¿Cuánto tiempo tardarán los Carldon en encontrar una sustituta?

–Un par de semanas, me imagino. Laura me dijo que ya la estaba buscando, por si acaso. Pero tienen que ir a nuestra boda... y Johnny también. Seguro que le gustaría llevar las arras.

–Más bien le gustaría ser el chófer –bromeó Vito, buscando sus labios de nuevo–. ¿Algún detalle más de la boda del que debamos hablar ahora mismo o podemos hacer lo que llevo tanto tiempo esperando hacer?

–¿De qué se trata? –le preguntó ella, con una sonrisa pícara.

–De esto –respondió Vito, tomándola en brazos para llevarla al dormitorio y depositarla suavemente en la cama–. Y de esto –agregó, tumbándose a su lado para hacerle el amor.

Eloise era la mujer de su vida, la mujer que esperaba un hijo suyo al que ya quería; un hijo que los convertía en una familia. Y siempre sería así.

Siempre.

Capítulo 11

L A LUZ de la luna caribeña se colaba por las persianas de la suite y el lento ritmo del ventilador del techo parecía reproducir los latidos de su corazón. Vito la llevó hacia la cama, con los dedos enredados con los suyos y su cuerpo desnudo perfilado por la luz plateada de la luna en toda su masculina perfección.

Suspirando, Eloise se dejó caer sobre las frescas sábanas, con el pelo como un río de plata extendido sobre las almohadas.

Él la miró un momento, en silencio.

–Eres tan preciosa... tan maravillosa, toda para mí –dijo en voz baja.

Ella se pasó una mano por el abultado abdomen.

–Aprovecha mientras puedas –bromeó–. Pronto pareceré un globo.

–Imposible.

Vito sacudió la cabeza mientras se tumbaba a su lado, inclinando la cabeza para besar la curva bajo la que crecía su precioso hijo, rindiendo homenaje a un hijo a cuya madre amaba tanto.

Besó el valle de entre los abundantes pechos y el deseo se apoderó de él mientras los acariciaba.

Eloise dejó escapar un gemido cuando rozó los erectos

pezones con el pulgar. Arqueó la espalda y abrió las piernas para que Vito se colocase entre ellas, disfrutando de la
sensual presión que le provocaba un torrente de deseo.

Enredó las manos en su espalda, buscando su boca,
deseando más, mucho más...

El beso se volvió apasionado hasta que los dos jadeaban, sin aliento. Eloise abría su boca para él a la vez
que su cuerpo mientras se deslizaba en ella.

Un gemido de placer escapó de la garganta femenina
y Vito gimió también al sentir la presión de los delicados y húmedos pliegues, la fusión de dos seres calcando
la fusión de sus corazones.

Empezó a moverse con el ancestral ritmo de la unión
entre un hombre y una mujer, tan antiguo como el
mundo y tan poderoso. Sintió la pasión creciendo dentro de él, entre los dos, sintió que ella apretaba los muslos en su espalda, y devoró su boca con urgencia, empujado por un deseo tan abrumador que no podía
resistirse, no podía retrasarlo.

Palabras inconexas escapaban de su garganta, embriagando sus sentidos. Sentía la creciente urgencia de
su cuerpo, la suprema necesidad de encontrar un alivio
que también ella anhelaba. Aumentó el ritmo, llevándola cada vez más cerca...

Eloise clavó las uñas en sus hombros, apretándose
contra él, levantando las caderas para tomarlo profundamente mientras se cerraba a su alrededor, agarrándolo
con todo su cuerpo, sus tejidos mezclándose, convirtiéndolos en un solo ser, en un solo corazón.

El éxtasis los hizo gritar al unísono, con un placer
tan intenso que era una conflagración de miembros, de
labios, que no parecía terminar nunca.

Una eternidad después, cuando volvieron a la Tierra y el lento ritmo del ventilador marcaba los segundos de nuevo, Eloise estaba entre sus brazos, sintiendo una paz tan profunda que era como si nunca hubiese habido nada más en el mundo.

Vito le pasó una mano por el pelo, deleitándose en esos mechones de la más fina seda. Sonrió, con los ojos llenos de amor por ella, mientras apoyaba protectoramente un brazo en la curva de su abdomen.

De repente, su expresión se convirtió en un gesto maravillado.

–Eloise... –susurró.

Ella abrió los ojos y supo enseguida lo que había sentido. Lo que también ella había sentido, un ligero aleteo.

–Se ha movido –dijo Vito–. Lo he sentido moverse. Es la primera vez que noto que se mueve.

–Vito, es real. Es real –dijo Eloise, emocionada, llevándose las manos al abdomen–. Sabía que lo era por las ecografías, pero esto... está dándose a conocer, quiere saludarnos.

–El pequeño Rico, nuestro hijo –murmuró él, con los ojos brillantes.

La besó, tierno y fiero al mismo tiempo. Se sentía bendecido. Eloise, su hijo, el regalo de su madre. El alivio al saber que el legado de su familia estaba a salvo de nuevo, que ya estaba en posesión de su precioso hijo...

Eloise le echó los brazos al cuello, sintiéndose feliz. Pronto estarían casados, unidos para siempre. La madre de Vito iría a Nueva York para empezar con los preparativos de la boda en cuanto volviesen de Santa Cecilia.

—Está encantada —le había dicho él—. Y deseando conocerte. Todo esto le ha devuelto la alegría y sé que será la suegra más simpática que te puedas imaginar. Además de organizar nuestra boda en Nueva York, con tu aprobación por supuesto, ya está planeando el bautizo de Rico en Roma. ¿Crees que tu madre encontrará un hueco en su ajetreada agenda para ir unos días a Italia?

—Por supuesto que sí —le había asegurado Eloise—. Nosotros somos los apoderados de Rico, pero ella querrá asegurarse de que el niño crece sabiendo que fue su poco cariñosa abuela quien consiguió las acciones para él.

—Bueno, mi madre será doblemente cariñosa —había dicho él, riéndose—. No debemos dejar que lo malcríe.

—Puede malcriarlo todo lo que quiera. Mi única pena es que Rico no tendrá un abuelo que haga lo mismo.

—Sí, es verdad —asintió Vito—. En mi padre hubiese tenido al mejor abuelo que pueda soñar un niño. ¿Hay alguna posibilidad de que tu padre...?

Eloise había negado con la cabeza.

—No. Si cuando sea mayor nuestro hijo quiere ponerse en contacto con sus primos, me parecerá bien. Pero yo no quiero arriesgarme. Mi padre tomó su decisión y no me eligió a mí. Ni siquiera me envió nunca una tarjeta por mi cumpleaños, así que yo tampoco quiero saber nada.

Vito le había acariciado la mejilla, mirándola a los ojos.

—Lo que tú digas.

—No todo en la vida es perfecto. Tú y yo lo sabemos porque tenemos nuestras propias penas. Pero también tenemos muchas alegrías.

Él la besó entonces, como diciendo que estaba de acuerdo, y para demostrarle su amor. Eloise estaba entre sus brazos en aquella maravillosa isla caribeña a la que volverían para su verdadera luna de miel, agotados después de saciar el deseo que sentían el uno por el otro, un deseo que duraría para siempre... incluso durante su «fase globo».

Eloise sonrió para sí misma. Sabía sin la menor duda que la mayor alegría de todas era el amor que sentían el uno por el otro y por el hijo que nacería de ese amor.

El volumen de la música del órgano fue subiendo hasta un último crescendo antes de cesar. Los murmullos de los congregados se interrumpieron cuando el sacerdote levantó las manos y procedió a pronunciar las palabras de la ancestral ceremonia.

El corazón de Vito latía con fuerza dentro de su pecho. Abrumado de emoción, giró la cabeza hacia la mujer que estaba a su lado.

Con un vestido blanco, el rostro oculto bajo el velo, su novia esperaba. Esperaba que él pronunciase las palabras que los unirían en matrimonio... que lo unirían en matrimonio con la mujer a la que amaba más que a sí mismo.

Con Eloise, su querida Eloise.

Bianca

Ella guardaba un impactante secreto....

DESHONRA SICILIANA

Penny Jordan

A Louise Anderson le latía con fuerza el corazón al aproximarse al imponente *castello*. Solo el duque de Falconari podía cumplir el último deseo de sus abuelos, pero se trataba del mismo hombre que le había dicho *arrivederci* sin mirar atrás después de una noche de pasión desatada.

Caesar no podía creer que la mujer que había estado a punto de arruinar su reputación todavía le encendiera la sangre. Al descubrir que su apasionado encuentro había tenido consecuencias, accedió a cumplir con la petición de Louise… a cambio de otra petición por su parte: ponerle en el dedo un anillo de boda.

Acepte 2 de nuestras mejores novelas de amor GRATIS

¡Y reciba un regalo sorpresa!

Oferta especial de tiempo limitado

Rellene el cupón y envíelo a
Harlequin Reader Service®
3010 Walden Ave.
P.O. Box 1867
Buffalo, N.Y. 14240-1867

¡Sí! Por favor, envíenme 2 novelas de amor de Harlequin (1 Bianca® y 1 Deseo®) gratis, más el regalo sorpresa. Luego remítanme 4 novelas nuevas todos los meses, las cuales recibiré mucho antes de que aparezcan en librerías, y factúrenme al bajo precio de $3,24 cada una, más $0,25 por envío e impuesto de ventas, si corresponde*. Este es el precio total, y es un ahorro de casi el 20% sobre el precio de portada. ¡Una oferta excelente! Entiendo que el hecho de aceptar estos libros y el regalo no me obliga en forma alguna a la compra de libros adicionales. Y también que puedo devolver cualquier envío y cancelar en cualquier momento. Aún si decido no comprar ningún otro libro de Harlequin, los 2 libros gratis y el regalo sorpresa son míos para siempre.

416 LBN DU7N

Nombre y apellido	(Por favor, letra de molde)	
Dirección	Apartamento No.	
Ciudad	Estado	Zona postal

Esta oferta se limita a un pedido por hogar y no está disponible para los subscriptores actuales de Deseo® y Bianca®.
*Los términos y precios quedan sujetos a cambios sin aviso previo.
Impuestos de ventas aplican en N.Y.

SPN-03   ©2003 Harlequin Enterprises Limited